D'une chambre à soi
à l'invention de soi

Claire Delannoy

D'une chambre à soi à l'invention de soi

Albin Michel

« Tout se passe comme si l'on n'avait plus le droit d'écrire que sur ce que l'on est ; et comme si ce que l'on est se réduisait à une identité (biographique, sociale, sexuelle, etc.) repérable, affichée. Il devient difficile de faire entendre que "je" n'est pas moi, mais le nom de la foule intérieure, aux multiples voix pour tous, écrivains et lecteurs, hommes et femmes sans qualités, que nous abritons. »

Gwenaëlle Aubry,
La Lettre absente, 2024

Prélude

S'il y a cent ans Virginia Woolf revendiquait pour les femmes une chambre à soi où cultiver son autonomie vis-à-vis d'une société patriarcale venant tout juste de leur reconnaître le droit de vote (1918), si les suffragettes avant elle avaient lutté pour une égalité politique, toutes étaient bien loin de remettre en question les fondements mêmes de la domination masculine, de ce mythe dans lequel nous vivons encore, qui a établi une supériorité hiérarchique entre hommes et femmes.

La revendication d'un espace à soi, que Virginia Woolf demandait avant tout pour les femmes qui écrivent, qui allait avec une indépendance financière indispensable, visait à une égalité de statut entre hommes et femmes d'une certaine classe – ces messieurs ayant un cabinet de travail quand les dames écrivaient sur un coin de la table de la salle à manger. Si Woolf remettait en cause la supériorité d'un sexe sur l'autre, elle ne procédait pas à l'analyse du mythe sexiste de façon claire et radicale. Sans vouloir m'étendre sur cette pensée mythique qui a ancré dans les consciences le principe de l'inégalité, et encore moins reprendre l'histoire des luttes féministes, l'injustice ontologique qui préside aux rapports entre hommes et femmes est si effarante et inconsciemment admise qu'elle demande tout de même à être rappelée avant d'aborder ce qui est au cœur de cet essai, la nécessité contemporaine pour les femmes de s'inventer un espace à soi, non tributaire du social, qui inclut l'usage du neutre et la liberté de sortir de toute assignation. La nécessité d'un espace-temps où on ne vous demande pas à chaque instant de vous définir, où votre réflexion puisse vagabonder et se ressourcer sans être canalisée, encore moins enchaînée, où votre réflexion puisse s'affiner en méditation, joie d'exister, d'entreprendre ou de ne rien faire. Surtout un espace-temps hors de toute obligation d'être en représentation de soi. Sans cet espace intérieur il y a peu de chances que vous puissiez exercer une indépendance et une liberté capables d'affronter le monde tourmenté qui est le nôtre et les enjeux et paradoxes auxquels il nous soumet. Les femmes en ont l'impératif car elles n'ont jamais eu la possibilité de l'exercer, les hommes en ont aussi l'obligation pour en faire un usage autre que celui de la domination.

Prélude

Le saut conceptuel pour penser hors de la pensée sexiste est considérable – un « supraliminaire » dirait Anders, quelque chose de trop grand pour être envisagé. Ce qu'on voit ce sont les inégalités, pas le principe qui les a édictées. Rompre avec la tradition universelle qui veut que raconter l'histoire du monde c'est raconter l'histoire des êtres de sexe masculin, de leurs guerres, de leurs révoltes, de leurs exploits n'est pas aisé. Repenser les rapports entre femmes et hommes non plus en termes hiérarchiques de domination et de soumission comme entre dieux et hommes, mais en termes horizontaux de symétrie et de réciprocité entre citoyens définis comme égaux, reste encore de l'utopie. Comprendre que les notions de visibilité des uns et d'invisibilité des autres font partie de notre quotidien mais qu'elles ne constituent pas une structure absolue de la réalité fait son chemin mais à pas lents.

La pensée mythique

Le mythe dans lequel nous vivons toujours a tissé sa toile au fil des millénaires, structurant toute société avec sa hiérarchie de pouvoirs, du Ciel puis de l'État à la cellule familiale. À l'origine, nous a-t-on appris, il y a un Dieu le Père (si l'on s'en tient aux monothéismes) et ses prophètes, qui organisent le monde religieux avec ses prêtres et le monde profane avec ses rois, ses présidents, ses parlements. Le principe élémentaire de ce mythe : seuls les êtres masculins exercent le pouvoir, légifèrent sur la terre comme au ciel. D'où les structures religieuses, politiques, économiques, sociales, professionnelles sont gérées par les hommes. Les scribes, clercs, pasteurs, producteurs de pensées, historiens, philosophes, scientifiques ne peuvent être que des hommes, délivrant un contenu d'auto-affirmation et d'exclusion. Les récits, les épopées, les contes sont écrits par des hommes, tout privilège est réservé à l'homme.

L'homme décide de se marier, choisit une épouse, la contraint si nécessaire, il peut par ailleurs se procurer du plaisir avec d'autres femmes contre rémunération ou par la force. Le père de famille a droit de vie et de mort sur ceux qu'il nourrit, on doit lui rendre compte de tout agissement. Le logos philosophique affirme du reste réduire tout autre dans l'économie du même. L'échange des femmes est le fondement des sociétés, de l'ordre économique, social et culturel. Ces femmes-marchandises sont à la fois objets d'utilité et porte-valeurs. Les échanges ont lieu exclusivement entre hommes.

Chacun reconnaîtra dans ce récit mythique ce que les historiens et les ethnologues nous ont appris des sociétés qui n'étaient pas tout à fait les nôtres dans le temps et dans l'espace mais y ressemblaient étrangement. Nous avons toujours vécu sous dépendance masculine, le rappeler, en convenir, s'efforcer de l'énoncer en toute objectivité est de santé publique, n'en reste pas moins un étonnement sidérant à cette énonciation : comment avons-nous pu différer aussi longtemps tout jugement sur ce qui est pour le moins scandaleux, la prise de pouvoir d'une moitié de l'humanité sur l'autre ? Interrogation béante qu'on ne commente pas, comme si cela allait de soi, depuis toujours, depuis que l'homme est homme, répète-t-on, qu'on ne critique ni argumente, Dieu ordonne, les hommes se soumettent et les femmes encore plus, l'ordre du monde est ainsi. « Je veux que vous sachiez que le Christ est le chef de tout homme et l'homme, le chef de la femme, et Dieu, le chef du Christ » (Saint Paul, *Première épître aux Corinthiens*).

Cette adhésion passive, même chez les plus grands intellectuels, m'a toujours surprise. Jean-Pierre Vernant dans *Les Origines de la pensée grecque*, évoquant la conception de la souveraineté qui « place sous la dépendance du roi l'ordre des saisons, les phénomènes atmosphériques, la fécondité de la terre, des troupeaux et des femmes », ne questionne pas cette dernière occurrence, les femmes sont nommées en dernier, elles qui sont la moitié de l'humanité. Lui qui décrit avec brio la révolution qui eut lieu au VIe siècle avant notre ère, de la royauté mycénienne et de la pensée mythique à la cité démocratique et la pensée rationnelle, fait l'impasse sur les femmes en tant qu'êtres pensants, elles n'existent pas*.

Nous avons été formées à lire nombre d'essais où elles n'apparaissaient jamais, à nourrir notre esprit

---

* La linguiste Claire Michard cite une phrase de Claude Lévi-Strauss dans *Les Bororo* : « Le village entier partit le lendemain dans une trentaine de pirogues, nous laissant seuls avec les femmes et les enfants dans les maisons abandonnées. » Les femmes sont exclues du collectif, et cette exclusion est énoncée en toute bonne conscience.

de réflexions formatrices où on ne les envisageait jamais. Non que leur absence relève d'un sexisme avéré, tout simplement elles n'existaient pas dans le champ des idées, hors exceptions. C'est cela qui nous frappe aujourd'hui, cet aveuglement quasi naturel, cette évidence à exclure les femmes comme les minorités du domaine du savoir et de l'histoire.

En reconnaître l'énormité ne suffit pas à en atténuer l'ampleur. Il ne suffit pas de proposer dorénavant une autre lecture, de rectifier les oublis passés, d'exercer une justice rétrospective, de dénoncer les injustices, nous sommes face à l'une des ruptures épistémologiques les plus cruciales qu'on ait connues, qui ne peut se régler seulement en lois et en dédommagements – d'autant que les trois quarts de l'humanité vivent encore sous l'ancien régime des maîtres, qui ne conçoivent pas d'y mettre fin. J'ai du reste depuis longtemps une hypothèse qui n'a pas l'heur de plaire : ce que l'on reproche à l'Occident, plus que l'exploitation capitaliste et la colonisation c'est son système démocratique qui implique de reconnaître l'égalité hommes-femmes. Le 11-Septembre, le spectre du jihadisme et la montée des États intégristes ont été l'expression de cette peur. Le caractère subversif voire explosif d'une reconnaissance égalitaire était à proscrire car si les femmes se libèrent de la tutelle masculine et des traditions qui les maintiennent en soumission, qu'adviendra-t-il des hommes ?

À moins que, comme les femmes, ils reconsidèrent la distribution des rôles et des pouvoirs, qu'ils se réjouissent de cette révolution, la première jamais survenue dans l'Histoire qui entraîne des bouleversements inouïs et une révision des identités au profit de celles qui ont été privées des plus prestigieuses.

Surtout cette prise de conscience de l'arbitraire qui a donné tout pouvoir aux hommes ouvre sur un nouvel espace mental, polymorphe et sans frontières que les femmes vont s'approprier, où le sujet est à reconstruire sur d'autres bases que la hiérarchie et la violence. Comme au temps d'Athènes, quand la pensée s'est peu à peu démarquée du divin et du mythe, nous devons nous démarquer du masculin, créer une pensée où les femmes insufflent une autre idée de l'humain et de ce qui l'entoure, en particulier tout ce qui a trait au care et à l'écologie. La plupart des dirigeants de la planète n'en ont cure et traitent du climat, de la biodiversité et de la viabilité de notre présence sur terre comme de la dernière roue du carrosse qu'il faut bien redorer – mais nous ne voulons pas voir pourquoi.

Nier le fait sans précédent de l'égalité des sexes ou l'enfermer dans des lois ponctuelles, des ministères sans tête pensante, des procès innombrables, des déclarations de principe et des appels à signature n'empêche pas que cette tectonique des plaques est en marche et qu'il faut l'accompagner, non seulement en mesures politiques mais en agissant par soi-même et pour toutes, en se donnant les moyens de penser, en créant sa propre approche disciplinaire, délestée des injonctions faciles ou infantiles ou impossibles à respecter dont sont friands les médias.

Cette approche individuelle est capitale : à l'inverse de la Grèce ancienne où l'on cherchait une voie vers le collectif et le bien commun, il nous faut en tant que femmes privilégier et repenser la personne hors de l'éducation qu'on nous en a donnée, hors des habitus mentaux que l'on a intériorisés, dont l'empreinte en nous nous assigne au silence et à l'obéissance. Il nous faut réhabiliter notre expérience personnelle, nos convictions et nos doutes, exercer notre pouvoir critique non seulement pour briser le discours dominant et proposer des contre-discours, mais pour inventer un nouveau mode d'être au monde, basé entre autres sur la relation et l'association de tous les êtres vivants.

Dans cette perspective on doit interroger la comparaison entre domination et esclavage si souvent énoncée. Les rapports de dépendance ne sont pas les mêmes selon qu'on évoque le pouvoir patriarcal ou le pouvoir colonial. Les femmes, de tout temps et de tout lieu, forment la moitié de la population, les esclaves, dans certains siècles et certains pays, ne représentent qu'une minorité. Bien sûr femmes et esclaves ont subi la même intériorisation des valeurs du dominant, qu'on les réfute ou qu'on s'y accorde. Le sujet opprimé même s'il se libère vit encore avec et dans le système d'oppression, il ne s'en détache que peu à peu, agissant en subordonné, il doit apprendre comment des marges de l'humanité où on l'a placé revenir au centre après une mise à l'écart systémique. Femmes et esclaves ont été réduits aux mêmes termes dépréciatifs de bêtise, d'indolence et de passivité qui les ont enracinés dans leur infériorité. Mais privées de la conscience du « nous », les femmes se sont identifiées à la mentalité de l'Autre dominant, sa culture et sa manière de vivre, tandis que le monde esclave vivait secrètement son identité maltraitée, ses racines culturelles et parfois un nationalisme qui attendait son heure.

La mise en parallèle entre nature et femmes est plus pertinente, il s'agit du même processus de marginalisation, d'infériorisation et de contrôle. Charlène Descollonges, ingénieure en hydrologie : « Les mégabassines c'est la fausse solution du génie civil maîtrisé par les hommes. On traite l'eau comme on a traité les femmes : une chose à soumettre, canaliser, emprisonner*. »

---

* *Libération,* 12 avril 2024.

La nature et les femmes ont été colonisées de même manière, n'étant pas des minorités mais coexistant de tout temps avec les hommes. Mêmes oppositions binaires entre ceux qui détiennent la raison et celles qui en sont privées. Pour penser le devenir des rapports humains et non humains, il faut renouveler de fond en comble notre culture, réhabiliter l'échange entre les espèces, élaborer une éthique et une pensée politique de justice qui ne peuvent être valides que si chacune et chacun d'entre nous fait un travail sur soi, intérieur, intime, complexe, secret. Cette recherche individuelle est essentielle pour contrer nos représentations, lutter contre une conscience de soi clivée, dissociée ou tentée par l'hubris et la toute-puissance, telle qu'elle se manifeste dans la domination masculine au faîte de son exercice.

Ce vaste panorama du mythe sexiste, nous vivons à l'intérieur de lui, femmes et hommes, au point de l'oublier hors perturbations du réel. Nous manions avec prudence et depuis seulement quelques décennies la pensée d'une inégalité structurelle à l'humanité. Même les revendications féministes ne brandissent pas la banderole de ce scandale absolu, celui de l'être suprême masculin qui a l'apanage de tout, quel que soit le millénaire, le siècle, quel que soit le lieu de la planète, quelles que soient les civilisations. Quand je lis sous la plume de Manon Garcia : « Le sexisme est une idéologie qui rationalise et justifie l'ordre social* », j'ai un doute, veut-elle dire que le sexisme, comme le communisme ou le fascisme ou le libéralisme, est un mouvement politique, qui combat la relégation d'une partie du peuple dans les oubliettes de

* *Philosophie féministe*, Vrin, 2022.

l'histoire ? Dans ce même recueil Christine Delphy, déclarant pourtant que le patriarcat est la subordination des femmes, dit ne pas vouloir étudier une entité anhistorique qui traverserait les siècles mais les sociétés industrielles contemporaines où la production domestique n'est pas prise en compte. Elle ajoute que la recherche des origines dans une préhistoire mythique est la caricature d'une démarche faussement historique. Je ne mets pas en doute la valeur de ces intellectuelles de génération différente, encore moins leur courage et leur combat, seulement je ne les trouve pas assez catégoriques : le mythe sexiste est à la base de toute activité humaine, ce n'est pas une idéologie parmi d'autres, c'est l'idéologie en soi. Ce n'est pas un concept, un arbitraire comme il en existe d'autres et dont nous devons dénoncer le constat. C'est la grande idée centrale de l'humanité. Que Virginia Woolf formule ainsi en 1928 dans *Une chambre à soi* : « Pourquoi les hommes boivent-ils du vin et les femmes de l'eau ? Pourquoi un sexe est-il si prospère et l'autre si pauvre ? », ironisant dans sa conférence aux étudiantes de Cambridge en prétendant en chercher la réponse dans les ouvrages du British Museum tous écrits par des hommes.

Le mythe sexiste ne déroule pas des conduites monolithiques, il y a autant de conduites qu'il y a de sociétés et d'individus. Le mythe sexiste est une construction plurimillénaire dont il faut moins chercher le pourquoi qu'analyser les formes et les déclinaisons jusqu'à nous – au moins en tant que vestiges dans la culture sociale et l'inconscient collectif. Et à partir de là moins en chercher les causes que les effets pernicieux à chaque étape de notre vie, tenter d'y remédier, de les déconstruire dans les moindres détails de la vie courante, sachant qu'on ne peut les éradiquer de manière systématique et violente, sans s'imposer à soi-même une forme de violence ou de folie (je pense à Valerie Solanas et son *SCUM manifesto* où elle appelle à émasculer l'autre moitié de l'humanité, et à la version humoristique qu'en donne Chloé Delaume dans *Phallers*).

Il ne faut pas oublier qu'il y a peu, énoncer cette inégalité fondatrice des sociétés était considéré comme une aberration ou une pensée mineure. Il ne faut pas oublier combien en trente ans les notions de patriarcat et de domination masculine ont réussi à s'imposer à la conscience de chacun*.

* Pourtant Bourdieu écrivait en 1998 dans *La Domination masculine* : « La logique paradoxale de la domination masculine et de la soumission féminine, dont on peut dire à la fois et sans contradiction qu'elle est spontanée et extorquée, ne se comprend que si l'on prend acte des effets durables que l'ordre social exerce sur les femmes (et les hommes), c'est-à-dire des dispositions spontanément accordées à cet ordre qu'elle leur impose. »

Combien l'égalité entre femmes et hommes, du moins en Occident, est devenue un sujet consensuel. Combien Simone de Beauvoir a été réhabilitée en philosophe à part entière, en phénoménologue féministe (grâce à Manon Garcia et Camille Froidevaux-Metterie entre autres). Combien la notion de différence entre le genre (dimension sociale) et le sexe (dimension biologique) a été digérée par tous, même si subsistent des polémiques. Combien on a repensé les notions d'homme, de femme, d'éternel féminin, de dualité, interrogeant la misogynie qui consiste à essentialiser les genres (les filles viennent de Vénus, les garçons de Mars, les filles aiment le rose et les poupées, les garçons les tanks et les camions).

Relisant les œuvres de Françoise Héritier, Michèle Le Dœuff, Michelle Perrot et d'autres, écrites il y a trente ans, je n'ai pu que constater leur clairvoyance de pionnières sur la différence des sexes, mais j'ai aussi pu mesurer leur prudence sur ce qu'on pouvait conclure de ce constat. À part Luce Irigaray, et il y a presque cinquante ans, qui remettait en cause la vision de la sexualité féminine selon Freud, ce qui lui valut d'être proscrite de l'université. Et pourtant ces idées novatrices sont maintenant accueillies même chez les psys. De même que la critique du canon philosophique, de l'histoire du monde invisibilisant les femmes, du contrat politique et de la théorie de la justice, où l'homme reste le modèle exclusif du genre humain. Tout le monde admet désormais que l'individu n'est plus un être isolé (à haute conscience de soi tel que le voyait le romantisme) mais qu'il est constamment dans des rapports de dépendance, des maillages d'affection et de soin, qui est le champ de l'éthique du care (terme fondé par Carol Gilligan et basé sur l'équité plutôt que sur la justice).

Dans tout ce bouleversement des mentalités dont on n'a pas toujours une claire conscience, MeToo en 2017 est apparu comme un révélateur : il permettait aux opprimées de livrer leur version de leur histoire et de dénoncer ceux qui leur avaient fait subir viol et violence. Il permettait aussi le constat effrayant que la violence était en grande partie exercée au sein de la famille et que le chef de famille n'était plus l'être intouchable, irréprochable et supérieur.

Bien sûr la dénonciation des inégalités au travail, à l'école, dans le couple ou la famille n'a pas attendu le XXIe siècle pour s'exprimer, les inégalités sont dénoncées au XIXe avec la lutte pour le droit de vote des femmes puis au XXe avec l'égalité professionnelle et sociale. Mais depuis dix ans et surtout depuis MeToo, deux autres champs d'exploration sont apparus. Le premier c'est la prise de conscience de l'intériorisation des valeurs sexistes, qu'on soit homme ou femme, on est si imbibé de ces valeurs (violence des uns, soumission des autres) qu'on les occulte le plus souvent et qu'on ne veut pas en reconnaître la prégnance inconsciente. Tout nous en renvoie l'image : la littérature, l'histoire (la grande histoire comme l'histoire familiale), l'école, ne parlons pas du cinéma, de la publicité, des réseaux sociaux, et de tout ce qu'ils obligent de mimétisme aveugle. Il ne se passe pas un jour sans que je m'interroge sur une pensée qui me traverse l'esprit, qui me vient comme du fond du temps et qui justifie l'ordre patriarcal : tel proverbe (*Souvent femme varie, bien fol qui s'y fie*), telle comptine (*Quand le chat n'est pas là, les souris dansent*), tel propos grand-maternel (*Il faut accepter les hommes tels qu'ils sont*). Nous sommes pétris de ce marquage misogyne, de toutes les historiettes qui font la conscience collective et dont il est très difficile de se dissocier – soit parce que ça représente un effort critique, soit que notre indulgence pour ce qui relève du souvenir d'enfance nous empêche de l'identifier.

Le second champ d'exploration qui a pénétré largement la société, après avoir été le fer de lance des gender studies, c'est justement la différenciation entre sexe et genre, qui perturbe les frontières et ouvre de nouveaux possibles. Cela renvoie au rêve androgyne de l'humanité, être sans sexe ou avoir les deux sexes, au paradoxe des anges et autres créatures ailées des utopies religieuses ou non. Si vous habitez en ville il vous arrive sans doute comme à moi de croiser des humains dont vous ne savez pas identifier le genre grammatical (elle ou lui), que ce soit des jeunes qui ont labellisé leur paraître ou des vieux dont l'habit unigenre et le passage du temps ont gommé les différences. Et là vous vous interrogez, pourquoi reste-t-on attaché à vouloir mettre autrui dans une case ?

Car nous sommes constitués d'inactuel, de tradition, de passé, de désir de nouveau, femmes et hommes, nous affrontons les différentes strates de notre psyché et de tout ce qui existe et nous questionne. Nous sommes heureux de découvrir, raidis sur nos préjugés, poreux à l'air du temps. Le féminisme a eu cette insigne valeur de nous faire réfléchir sur le point de vue, une femme n'a pas forcément le même point de vue qu'un homme, l'observateur perturbe ce qu'il observe, selon que vous vivez dans tel type de société, selon votre âge, votre classe sociale et j'en passe, vous ne verrez pas le monde de même manière, tout est en mouvement toujours. Je me souviens avoir été sidérée, il y a quelques décennies, que les éthologues ne découvrent qu'alors que les conditions dans lesquelles vivaient leurs cobayes influaient sur les résultats de leur recherche. Tant il me semblait qu'un chimpanzé observé en détention (labo ou zoo) ne pouvait réagir comme en liberté. Depuis que les femmes ont investi le champ de la zoologie ce n'est plus seulement les résultats biaisés qui sont en jeu mais la manière d'observer. On s'est aperçu que les scientifiques hommes axaient leur regard uniquement sur les mâles au prétexte que les femelles, dites passives, ne présentaient pas d'intérêt. Les femmes scientifiques ayant décidé de changer de point de vue ont découvert que les femelles n'étaient ni passives ni soumises, et que souvent leurs confrères prenaient pour un jeune mâle une femelle active et déterminée (Lucy Cook, *Bitch. Le pouvoir des femelles dans le monde animal*, 2022). La théorie darwinienne du mâle alpha, s'appuyant sur le contexte social victorien où les femmes étaient mineures en tout, continuait à hanter les disciplines scientifiques.

Depuis trente ans l'entrée en masse des femmes dans les bastions du savoir les plus misogynes, territoire réservé des plus hautes compétences, a bouleversé et l'image des femmes et le contenu des disciplines. Le Dœuff (*Le Sexe du savoir*, 1998) affirmait à la fin du XXe siècle que l'accès aux sciences et à l'abstraction mathématique était encore réservé aux hommes et que le milieu universitaire auquel elle appartenait trouvait cela fondé.

Malgré les avancées manifestes sur ce qui fonde les identités, il reste des invariants basés sur la faiblesse des femmes. Que l'on peut répertorier dans les conseils et injonctions produits à leur usage (presse, médias du net, ouvrages) : on les invite à oser tour à tour la colère, la douceur, la compétition, la séduction, etc. Aucun conseil de ce type n'éclaire les hommes (qui ont de manière innée la bonne conduite sans doute). Cette idée d'une faiblesse inhérente à la femme, qui suppose qu'on lui accorde de l'aide même si elle ne s'en soucie pas et de manière bienveillante (la vieille idée de courtoisie), imprègne tant la société qu'elle reste invisible tant qu'il n'y a rien à affronter. J'en fus l'objet malgré moi dans les années 90 lors du procès intenté par Jean-Edern Hallier à Albin Michel. Étant son éditrice et son accusation portant sur la contrefaçon littéraire, j'étais concernée au premier chef mais on me proposa, pour préserver ma sensibilité, de me défaire du dossier, de ne pas me présenter au tribunal et de confier à l'avocat mes doléances. Ce qui m'irrita fortement et m'incita à avoir une attitude quasi paranoïaque. Persuadée qu'on voulait s'approprier mes dossiers et m'exclure de mon droit à me défendre, je passais les journées, avant la tenue du procès, avec sur l'épaule un sac assez lourd rempli de chemises de couleur où j'avais entreposé les pièces de ma défense que je ne voulais montrer à personne. Je les trimballais jour et nuit, faillis les oublier un soir au restaurant, tremblais qu'on puisse me les soustraire. J'arrivais à l'audience pour constater qu'il n'y avait que deux femmes, la juge et moi, au milieu d'agitateurs et de journalistes avides de scandale. Ma déposition qui n'était pas contre l'auteur comme on l'aurait voulu mais contre l'accusation infondée en étonna plus d'un et nous fit gagner. Trente ans plus tard on ne m'aurait pas demandé de me rendre invisible mais face à un procès très médiatisé on m'aurait proposé comme à toute femme supposée émotive une aide dont je n'avais nul besoin.

L'autre grand invariant est la neutralité de la langue, encore largement admise et ainsi définie dans les dictionnaires. Le *on* impersonnel du savoir académique et le *il* aussi intemporel que générique triomphent toujours devant le *elle* qui ne peut relever que d'un point de vue parcellaire. Ce qui est tout de même étrange car cette langue que l'on définit comme neutre est aussi appelée maternelle, langue de la mère. Que le premier glossaire, celui que la mère transmet à l'enfant, cette langue maternelle qui n'a rien d'impersonnel mais qui est ancrée dans l'affectif et le sensuel, soit passé à la trappe au profit d'une langue paternelle, tout acquise aux généralités et excluant le féminin, est l'un des premiers surprenants effets de la domination.

L'invariant le plus consensuel c'est l'âge. La discrimination la plus ténue et implacable qui fait le bonheur des marques de soin anti-âge. Qu'on le veuille ou non, le vieillissement pour les femmes, s'il n'est pas une tragédie, est un problème qu'on a du mal autant à évaluer qu'à oublier, tant la représentation et les habitus sont intériorisés depuis des siècles. Je relisais *Béatrix* de Balzac, un roman écrit vers 1840 et qui n'a pas perdu de son actualité pour une raison simple, éternelle raison des sentiments : comment aimer une femme plus âgée ou comment une femme de plus de dix ou vingt ans plus âgée peut aimer un homme plus jeune qu'elle. Camille Maupin (double de George Sand) est riche, cultivée, auteure célèbre à quarante ans. Calyste, un hobereau de Guérande, a vingt et un ans. Cette relation à l'âge est au centre de l'imbroglio amoureux, le nœud indélébile de l'histoire, et il le reste toujours. Il n'est qu'à voir les fake news sur le président français, qui n'échappe pas à cette ségrégation. Les hommes âgés au bras de femmes de trente ans de moins ne font pas la presse, le contraire est remarqué, voire stigmatisé. Y échapper relève de l'héroïsme, de l'exemplaire, de l'amour fou. L'inégalité face à l'âge, si elle diminue dans les secteurs professionnels ou dans la représentation sociale, perdure dans le domaine amoureux. Les hommes ne s'en soucient guère, les femmes n'ont d'autre choix qu'une forme de renoncement – ce qui montre l'impossibilité de se soustraire aux codes anciens qui bloquent toujours l'image qu'on a de soi.

Comment pouvoir se réinventer face au constat flagrant d'une injustice quasi ontologique qui est la supériorité d'un sexe sur l'autre ? Par ma longue expérience d'anonyme combattante (petite, on me traitait de suffragette), par mes révoltes adolescentes, mes premiers combats d'étudiante, mes voyages précoces au loin (ceux dont on dit aux filles que s'il leur arrive quelque chose elles l'auront bien cherché), par mes études et mes lectures dans des champs de savoirs multiples, par l'exercice du métier d'éditrice qui m'a confrontée à des auteurs de toute discipline, de tout horizon et de pays différents, j'ai pu au fil du temps me forger une conception de l'autre et de soi, du danger à emprunter des voies non orthodoxes et de la force qu'on en retire, une idée de la pluralité des parcours, ceux des femmes en particulier, qui ne sont jamais aussi cloisonnés ou bloqués qu'on veut bien le raconter*.

* Pensez à Flora Tristan (1803-1844), socialiste et féministe, qui a vécu l'enfer à fuir un mari violent et incestueux, voyagé jusqu'au Pérou pour faire valoir ses droits à l'héritage, exploré les bas-fonds de Londres, fait un tour de France auprès des ouvriers pour les convaincre de se syndiquer selon les principes qu'elle a définis dans son *Union ouvrière*, bien avant Marx et Engels.

L'espace du neutre comme champ de liberté

Petites scènes de la vie ordinaire en guise de préambule

Alice m'annonce avec un demi-sourire que sa fille est revenue au rouge à lèvres, au bustier et aux jupes courtes – après une période de plusieurs mois où godillots, tee-shirt oversize, coupe hyper-courte et air sombre du mec à qui on ne la fait pas annonçaient son choix de vouloir transitionner.

Chris travaille dans un organisme international dans lequel désormais les membres doivent indiquer sous leur signature s'ils sont elle, il ou iel – si tu ne veux pas remplir ces cases, tu es hors système, dit-elle.

Marie vient de vivre sa première expérience nocturne de colleuse d'affiches : sa fille l'a décidée à l'accompagner pour, lettre après lettre, dénoncer le machisme et les féminicides.

Je me souviens du début du XXIe siècle où, lorsque je n'étais pas d'accord avec tel propos tenu en réunion où les hommes étaient les plus nombreux, on me traitait de féministe. Je me souviens des regards désolés que me lançaient les femmes plus jeunes, tant féminisme rimait alors avec intrinsèque ringardise d'une qui a oublié de prendre le train de l'histoire et en est toujours aux revendications devenues stériles de sa jeunesse.

Je passe la soirée avec Élisabeth qui revient d'un trek au Népal, voulant s'éloigner d'un mari barbant avec qui elle ne partage que la joie d'avoir des petits-enfants, et elle m'avoue ne pas pouvoir le quitter vu le taux de sa retraite.

Ma chaudière tombe en panne en plein weekend d'hiver, je contacte une société de chauffage qui exerce en urgence, et après des heures d'attente apparaît un technicien d'une quarantaine d'années qui m'explique sagement combien les femmes sont peu faites pour les travaux manuels. Tandis que je me récrie il poursuit aimablement : il sait ce qu'il dit, sa mère, sa femme, sa fille sont comme moi incapables de la moindre pensée pratique, c'est ainsi ça l'a toujours été. Et alors qu'ébahie devant cette assurance je tente une sortie, il se tourne vers la chaudière qui accapare désormais toute son attention, et conclut quelques minutes après qu'il ne peut rien pour elle (ni pour moi).

La question du genre, l'assignation à se définir comme être féminin ou masculin, les controverses sur l'identité sexuelle selon qu'on la considère comme biologique, psychologique, sociale ou culturelle, les revendications féministes et les querelles entre mouvements, si tout cela manifeste un vrai changement anthropologique sur la place des femmes et des hommes dans la société, dans la perception de soi et dans la métamorphose des comportements, cela crée aussi des confusions, des injonctions paradoxales, des rejets ou des adhésions qui sont sujets à suspicion tant, loin de toute distance critique, ils surfent sur la vague du présent immédiat.

Et si pour se démarquer de ce tourbillon incessant, au lieu de creuser le fossé du masculin et du féminin, on optait pour un troisième genre, le neutre, certes colonisé par le masculin mais qui a en lui la vertu d'oblitérer la guerre, de se situer dans une dimension jusqu'ici occupée par le divin (instance supérieure) ou l'inanimé (instance inférieure), en tous les cas hors champ, décalé des définitions contraignantes.

S'il y a un certain nombre d'essais qui préconisent le neutre pour s'émanciper de la question binaire, qui en revendiquent le choix pour celles qui ont une perception androgyne de soi, qui l'apparentent à la pensée queer ou qui en font l'apanage des femmes pour leur tranquillité d'âme, sans être en désaccord avec leur approche je proposerai un élément supplémentaire ou plutôt primordial pour accueillir ce neutre nouveau : il lui faut un lieu où habiter, où s'accomplir, à troisième genre troisième dimension, sans elle il ne peut que se déliter, poussé par ses adversaires hors de son socle chancelant qu'est la grammaire.

Cette troisième dimension c'est le lieu à soi, la « chambre à soi » que préconisait Virginia Woolf avant les droits sociaux à l'égalité, quand les femmes n'avaient ni autonomie financière ni espace à elles. Il s'agit d'un lieu à la fois matériel et virtuel où l'on congédie le réel, ses nuisances et ses fuites, et où l'on construit le nid des possibles, le château de sable de son enfance que n'emportera pas la marée montante car on l'aura doté des superpouvoirs de l'imagination, de la connaissance et de l'estime de soi.

Sans ce lieu nulle avancée d'un neutre libérateur pour les femmes, qui retomberont dans les vieilles traverses du féminin infériorisé malgré tous leurs efforts pour l'éviter.

J'adhère aux propos de M.-J. Bonnet dans *Quand les filles deviennent des garçons* contre tout fétichisme : croire que l'identité du sujet est définie par son genre, c'est un peu comme les idolâtres qui croient que Dieu est contenu dans la statue qu'ils adorent. Pour lutter contre les idolâtries il faut pouvoir penser, voire penser contre soi. Et l'on ne pense pas à partir de rien, il faut un espace où penser, c'est celui où on se sent bien, à l'abri, délestée des problèmes de l'immédiat, lestée d'une sorte de gymnastique appropriée au lieu, ouverte à sa dimension de troisième type qui admet les contradictions et leur puissance d'action.

Être réduit à un genre, être réduit à une origine, être réduit à une histoire (en général traumatisante) c'est de pratique courante pour vous enfermer dans le rôle de la victime, vous y conforter et vous faire oublier la complexité que vous représentez en tant qu'être humain qui a la liberté d'échapper à toute assignation. Mais pour résister à une assignation il faut non seulement de la volonté et du courage, il faut un lieu à soi où ancrer sa détermination, sa réflexion, ses référents, et prendre le temps de les faire fructifier.

Le nouveau neutre

Réhabiliter le neutre comme troisième genre, réintroduire la dimension ternaire dans un langage occidental binaire où règnent le masculin et le féminin, le binôme sujet et prédicat, n'est pas une mince affaire. Prenez la phrase « Marie est triste », en langue japonaise on dit « Marie a l'air triste », on y introduit l'interprète, celui à qui apparaît la tristesse de Marie, car Marie n'est pas triste de toute éternité, et il faut bien quelqu'un pour constater sa tristesse éphémère, nous dit Augustin Berque (*Entendre la Terre*). Grâce au trois on se distancie face au constat de la tristesse et on en perçoit l'état réel mais transitoire.

Dans la langue grammaticale qui structure toute activité de penser, de voir, de sentir, d'interagir, il y a trois genres, neutre, masculin, féminin. Dans certaines langues dont le français le neutre n'existe presque plus tant il a été rapproché du masculin, au point de faire de celui-ci le genre dominant face à quoi le féminin en parent pauvre a perdu toute compétence universelle. Cette structure ternaire et inégale est passée quasi inaperçue hors linguistes, féministes et anthropologues avisés, jusqu'à récemment. Ce n'est qu'à la fin du XXe siècle que la revendication à la visibilité du genre féminin a crevé le plafond de verre, dans une phrase où le masculin tenait la vedette, dans des entreprises où les professions étaient toutes au masculin, dans une société où les grades et les honneurs étaient masculins à l'évidence – il faut ici rappeler les réticences à la féminisation formulées dans les années 80 au prétexte que cette revendication légitime ne serait pas acceptée par l'ensemble de la population. Il est évident que depuis les grammairiens du XVIIe des siècles marqués par la supériorité du masculin ne pouvaient d'un seul déclic accepter de se départir de leurs prérogatives. La féminisation des noms s'est propagée plus rapidement qu'on ne pensait, se heurtant malgré tout à un récif important, le neutre qui avait fait alliance avec le masculin et lui restait colonisé.

La complexité du neutre, c'est qu'il n'est pas là uniquement pour spécifier ce qui n'est ni féminin ni masculin, les choses, les lieux, l'inanimé (qui par ailleurs peuvent être au masculin ou au féminin, ainsi le soleil et la lune et inversement en allemand), il est là pour signaler le générique, le concept, la pensée, le religieux, la science – en un mot tout ce qui est infra ou supra-humain –, en quoi il est beaucoup plus puissant que les deux genres qui se disputent la prévalence.

Malgré les querelles d'école entre les deux genres la vraie bataille est celle du neutre – que le masculin comme tout colonisateur tient à garder ou à fidéliser, et que le féminin en proie à son combat pour l'égalité ne considère pas comme un enjeu majeur, tout juste comme une revendication particulière. Pour exemple l'analyse du neutre comme lieu de liberté et de non-assignation pour les femmes peu sensibles aux attributs féminins, dans *Être neutre, être femme* (NRF) Hélène Gestern y fait référence à son apparence physique androgyne et au peu de goût pour la mode de Nathalie Sarraute, ce qui expliquerait leur dilection pour le neutre. Mais c'est minimiser le neutre que de l'opposer à la féminité. Au lieu de considérer que chacune a droit à son neutre (comme à son ombre et son reflet), qu'elle soit sexy, séductrice ou garçon manqué (ce terme extravagant qui dit mieux que tout en quel déficit on tenait et on tient encore les femmes). Il faut reconnaître que le neutre, terre de repos et de cogitation qui ignore les oppositions binaires, nous est indispensable et commun pour nous sauvegarder des enfermements où on veut nous entasser (cis, bi, etc.), pour nous retrouver hors champ du débat politique, pour nous construire une conscience plus méditative de nos possibilités, pour nous extraire du bruit incessant que reproduisent médias et réseaux en ondes circulaires à seule fin d'y célébrer l'addiction infinie pour le rien.

La dissolution du masculin et du féminin au profit d'un neutre de neutralisation des sexes me semble cependant chimérique, contraignante et inefficace, même si l'idée à long terme d'une indifférenciation sexuelle puisse être envisageable. Ce que j'entends par cette troisième dimension incarnée par le neutre, c'est la possibilité de ne pas être à tout moment assujetti à son sexe de naissance (ou de transition), à chaque minute de son existence ne pas être cloué au pilori de l'identité (sexuelle, raciale, ethnique, etc.). Comme on se libère du temps de travail en vacances, comme on se libère de son moi envahissant en s'identifiant aux personnages des romans qu'on lit, à ceux des films qu'on regarde. C'est un neutre qui donne place à l'imagination (*Imagine*, chantait John Lennon), où le possible libère des contraintes du réel, de ses représentations binaires et hiérarchiques.

Günther Anders écrivait que les pires vilenies subies par l'humanité provenaient d'esprits dépourvus d'imagination. Pour imaginer il ne faut pas être bridé, ne pas être bloqué ni par un mur de lamentations (la victime), ni par un mur d'assignations qui interdisent toute expression non conforme (la censure).

Virginia Woolf définissait les conditions de liberté pour les femmes par l'acquisition d'une chambre à soi au temps où l'égalité sociale était loin d'être obtenue, il est désormais vital qu'elles puissent s'inventer comme elles veulent, sans référence obligée au sexe, au regard d'autrui, dans un lieu à elles, un lieu refuge décliné au neutre de l'indétermination, de l'inactuel, de l'inachevé, de la liberté d'être qui on veut, où soient bannis tous les selfies du monde qui imposent la norme domestique du bonheur et de ses joies factices.

Le neutre c'est ce qui ne se remarque pas, ce qui est invisible, ce qui peut aussi être collectif. C'est le divin, l'ange, l'androgyne, le mystère qui préside à l'existence, l'inconscient collectif, l'anonymat, le pseudonyme. C'est aussi personne. Au sens de ce qu'énonce Ulysse au Cyclope : « Mon nom est Personne. » Le mot *persona* est passé de « masque de théâtre » à « personnage » puis à « personne » en latin classique – et à « personne » au féminin en tant que nom et au masculin en tant que pronom indéfini, devenu négatif au XIVe siècle.

Emmanuel Lévinas assimile le neutre à l'être, ni existant ni néant, ni présent ni absent. Neutraliser son jugement c'est le suspendre par l'imagination. Le neutre c'est l'antériorité du nous sur le moi, de l'anonyme sur le nous. Pour Roland Barthes c'est plonger hors de l'habitus binaire de la répartition des opposés, un troisième terme actif et subversif. Le neutre pour Nathalie Sarraute c'est la liberté d'écrire, pour Claude Cahun, peintre surréaliste, une façon de vivre, elle qui se disait de genre neutre. On pourrait en citer bien d'autres, dont certains usaient du pseudonyme comme écran neutre. L'anonymat protège (George Eliot, Elena Ferrante) ou devient une épreuve qu'on s'impose. Je me souviens de celle que s'était imposée Doris Lessing, qui a toujours proclamé sa liberté et qui avait voulu mettre en cause sa célébrité en envoyant un manuscrit à son éditeur anglais comme le premier roman d'une inconnue. Après refus de sa maison d'édition et d'autres, une petite officine l'avait accepté et l'avait ensuite proposé aux éditeurs étrangers. Il avait été acheté par Ivan Nabokov, qui avait eu des doutes dont il m'avait parlé (nous travaillions tous les deux chez Albin Michel), il croyait y reconnaître le style de Doris Lessing, aussi l'avait-il appelée et elle avait été immensément reconnaissante au seul éditeur au monde à l'avoir percée derrière son anonymat malheureux (*Les Carnets de Jane Somers*). Je me souviens aussi d'un autre anonymat qui avait provoqué mon agacement : recevant un premier roman d'un professeur d'université australien j'avais été subjuguée par l'écriture et la maturité, et dans un second temps, intriguée par des ressemblances de style avec un romancier connu ; certaine qu'il s'agissait de lui je l'avais contacté, il avait reconnu les faits, avouant que par la neutralité du pseudonyme il cherchait à savoir ce qu'il valait.

Qu'il protège ou qu'il mette en péril, l'anonymat veut avant tout se délester de toute identification, se libérer des masques de la reconnaissance et de la valeur marchande. User du neutre c'est accepter sa propre singularité sans avoir à affronter la violence des représentations, créer un espace de résistance passive (on n'a pas toujours à lutter), construire un lieu où personne ne peut vous atteindre, un lieu privilégié de conscience et de nuances, de joie et de paix.

Le lieu de l'exercice spirituel

D'abord cette citation fondamentale de Georges Friedmann que Pierre Hadot glisse dans ses *Exercices spirituels et philosophie antique* : « Prendre son vol chaque jour ! Au moins un moment qui peut être bref pourvu qu'il soit intense. Chaque jour un "exercice spirituel" (...). Sortir de la durée. S'efforcer de dépouiller tes propres passions, les vanités, le prurit du bruit autour de ton nom (...). Fuir la médisance. Dépouiller la pitié et la haine. Aimer tous les hommes libres. S'éterniser en se dépassant. »

L'espace du neutre est le lieu de l'exercice spirituel, entendu comme thérapeutique des passions, retranchement et détachement pour observer son propre tumulte, moins agir sur les choses que sur la manière dont elles nous affectent. Les femmes en ont une nécessité plus grande que les hommes car elles n'ont pas de modèles millénaires de comportements auxquels s'accorder. Si l'universel leur est dénié elles ploient en plus sous les minicombats de chaque jour pour lutter contre les discriminations, les réflexions genrées (on disait misogynes), les actes délictueux – comme si du fait d'être femme, de plus féministe, il fallait porter le poids collectif des inégalités ordinaires* –, sans compter qu'à elles surtout incombent les responsabilités domestiques et l'éducation des enfants. Elles sont donc en exposition permanente sur le marché social puisqu'il leur faut aussi assurer leur apparence physique conforme aux critères esthétiques du moment. Quand pourraient-elles faire retraite, disent-elles, quand elles n'ont justement pas un moment ?

Il est pourtant capital d'échapper aux injonctions sociales, d'échapper à tous les marqueurs sociaux, d'outrepasser les données sociologiques pour s'inventer son espace à soi, hors de l'ordre social qui ne nous contient pas en entier. L'être humain n'est pas un bloc monolithique réduit à son habitus et invariable dans le temps. Même si selon René Girard l'illusion de l'autonomie est une attitude romantique, si l'on fonctionne souvent selon le mimétisme propre à chaque société – la condition

---

* Je me souviens d'une réflexion dans les années 2000 lors d'une réunion professionnelle où l'un des dirigeants s'étonnait qu'en tant que féministe et défenseure des droits humains je fume encore. La féministe lui apparaissant sans doute comme la caricature de la sainte laïque, vierge de tout défaut.

de l'humain étant de vouloir être comme tout le monde –, il reste une part inappropriable, la nécessité intérieure de se réfugier en un lieu où croire à sa propre pensée, « croire que ce qui est vrai au plus secret de votre cœur est vrai pour tous les hommes » (Emerson, *Self-Reliance*). Cette confiance en soi qui permet d'être en accord avec soi-même, d'agir en cohérence avec soi-même, est beaucoup plus fragilisée chez les femmes du fait de tous les affronts subis au cours du temps (*Sois belle et tais-toi*). Elles ont davantage le besoin d'un lieu où abandonner les représentations et observer à distance la ronde de leurs actes et gestes qu'elles accomplissent en bons petits soldats du quotidien.

« Ai-je dit que je continue à voir la vie comme une succession de tours de piste, et que je franchis toujours diligemment les obstacles, pour ensuite jouir de retourner au néant ? » (Virginia Woolf, *Journal*, mai 1929.) Ce « néant », je l'appelle la troisième dimension de la présence au monde, un espace où revendiquer le droit à l'ombre et au secret, comme le dit Michelle Perrot dans *La tristesse est un mur entre deux jardins*. L'historienne avoue du reste l'avoir formulé tardivement, elle qui combattait les silences de l'histoire imposés aux femmes ne s'autorisait pas le droit au silence bienfaisant, elle constatait par ailleurs que toute création est pour les hommes un accomplissement tandis que pour les femmes elle implique un renoncement (à la maternité, à la vie conjugale anciennement*).

Se retirer du bruit du monde, c'est sortir de la cage de la masculinité et de la féminité, qu'on soit homme ou femme, « me décoloniser, me désentifier, me débinariser en sortant de la cage sexuelle », dit Paul B. Preciado (*Je suis un monstre qui vous parle*). Dans ce lieu à soi on peut penser le corps vivant non comme un objet anatomique, dit-il, mais une « somathèque » qui contient une infinie variation de modalités d'existence. L'humanité n'est pas séparée en deux classes d'individus mais est en interaction permanente via des relations qui vont bien au-delà du dualisme (*Moi aussi. La nouvelle civilité sexuelle*, Irène Théry). Les gender studies se focalisent trop sur l'expérience identitaire, la différence des sexes, la hiérarchie des statuts sociaux que l'Occident a établis depuis le XVIIe siècle et tout au long du XIXe, à savoir à l'homme l'intelligence et le pouvoir, à la femme la

* Je me souviens de Jeanne-Claudie, grande scientifique, spécialiste du cerveau du fœtus, qui continuait à 90 ans ses recherches dans son labo, me dire qu'elle ne s'était pas mariée afin de poursuivre les études qui la passionnaient à une époque où les femmes devaient doublement combattre pour réussir. Je me souviens de son sourire étincelant ; loin de toute amertume elle constatait.

sensibilité et l'altruisme. Si cela est toujours vivace il faut s'interroger au-delà, frayer par soi-même dans les eaux souterraines de nos perceptions, reconnaître que « l'effet de majoration masculine » est une constante aussi bien chez les femmes que chez les hommes. Dans *Une femme regarde les hommes regarder les femmes*, Siri Hustvedt cite une étude faite en 1968 où des étudiantes devaient évaluer un même essai tantôt attribué à John T. McKay tantôt à Joan T. McKay : John reçut de bien meilleures appréciations. Toni Morrison, avec ce talent d'aller droit au but, disait que la complicité des femmes dans la domination masculine était patente, elle parlait même d'une trahison et d'un auto-sabotage. « Le sexisme ne se limite pas aux hommes », écrivait-elle dans *La Source de l'amour-propre*, un recueil de ses conférences. Elle y voyait le résidu d'un mépris de soi propre aux minorés et aux minorités et rappelait les demi-sœurs de Cendrillon et toutes les femmes jalouses qui peuplent les contes et les romans (sur le marché du mariage la concurrence liée à la beauté a toujours entretenu la misogynie)*.

* Dans sa nouvelle *Récitatif* (1983), Toni Morrison suit le parcours de deux femmes qui se sont connues fillettes dans un pensionnat, sans qu'on sache laquelle est noire, laquelle est blanche – sans les marqueurs de race qu'on attend on reste sur le qui-vive et ébranlé de l'être, comme on le serait à ne pas savoir leur sexe.

C'est un effort constant de la pensée, dans toutes les directions, qui est demandé aux femmes, contre leurs propres préjugés autant que les préjugés dominants si elles veulent avancer à partir de leur expérience personnelle – et cette expérience ne peut être relayée par autrui. Dans *On ne naît pas soumise, on le devient*, Manon Garcia montre bien comment l'expérience féminine est toujours bloquée par la représentation de la soumission : « Les femmes se trouvent toujours déjà dans un monde dans lequel la soumission s'apparente à un destin. » Et dans un monde où « la perspective masculine a pour particularité de se concevoir comme neutre », c'est-à-dire vraie, objective, universelle. On voit le lourd travail des femmes à accomplir, un travail constant, à réitérer, pour penser l'impensé du corps féminin et « faire advenir un monde où les femmes ne soient plus définies par leur corps » (Camille Froidevaux-Metterie, *Un corps à soi*).

Être une femme, disait Simone de Beauvoir, c'est ne pas pouvoir échapper au fait que l'on est un corps, un corps assujetti à des tabous. Se libérer de la soumission à cette image comporte des risques et du courage. Dégager le féminin de la féminité, sérier les configurations de classe, de race et d'âge qui nous représentent, sortir d'un collectif illusoire, se débarrasser de l'alternative entre féminisme universaliste ou différentialiste, constater la rupture anthropologique que la disjonction entre vie reproductive et vie érotique a fait naître, déconstruire les stéréotypes, les compétences dites féminines (grâce, douceur) face à celles des hommes (courage, force), questionner les infériorisations invisibles parce que intériorisées, tout cela ne peut s'accomplir que si l'on s'est dotée d'un espace à soi, en retrait du monde.

Car il s'agit d'y décanter les vieux schémas et les questions nouvelles, on ne peut y ignorer le problème majeur de l'explosion climatique et de l'exploitation mortifère de la planète, on ne peut pas ne pas remettre en cause la notion de travail (constituée par les hommes en compétition, concurrence, performance), on ne peut pas ne pas la réinterpréter en termes éthiques, de lien social, de lieu de créativité dans son rapport au vivant.

Même si ce « lieu à soi » ne peut pas être qu'une chambre d'écho au tumulte planétaire, il faut bien qu'un tri soit fait par chacune.

« Se souvenir, c'est trier. » Umberto Eco.

« Apprendre, c'est éliminer. » Jean-Pierre Changeux.

Le lieu de la clandestinité

Cet espace du neutre, cette troisième dimension de soi est un lieu éloigné de toute obligation, de tout impératif de gentillesse qui pénalise les femmes quand elles ne s'y conforment pas (n'est-ce pas leur état naturel ?), un lieu de fiabilité : c'est de fiabilité dont nous avons besoin, pas de certitudes, « à l'écart et à l'abri du temps » (Jankélévitch), un lieu où laisser naître la pensée, où résister aux aliénations, aux normes intériorisées, aux biais cognitifs et à toute l'entreprise de désinformation ou d'information tronquée qui ruisselle en permanence sur notre nature poreuse. Un lieu où développer le dialogue intérieur, où on se conçoit comme un autre avec qui engager la parole, avec qui entrer en désaccord. Un lieu où cheminer dans le labyrinthe de la mémoire, du souvenir et du rêve, dans l'indéfini d'un vécu aux strates superposées qu'on appréhende comme le somnambule voyage.

Nous vivons une mutation anthropologique de grande ampleur (révolution climatique, révolution quantique et numérique, révolution féministe, des sexes et des genres, pandémie, révolution de l'IA) qui anéantit « l'astre mort des croyances du

XIXe siècle » : temps linéaire, progrès, famille nucléaire, instrumentalisation du vivant et des ressources naturelles, organisation tayloriste du travail, domination masculine (Roland Gori, *Et si l'effondrement avait déjà eu lieu*). Comment se définir encore en fonction d'un astre mort ? Quand autour de soi il y a bruit permanent, informations en continu, textos à l'infini, images vidéo en boucle, quand la peur d'être seul et sans écran est ressentie comme une vraie tragédie, quand on sait qu'internet a été sciemment conçu comme un système d'interruptions pour fragmenter l'attention et qu'on y adhère et qu'on y est addict. Si le XXIe siècle est déjà réputé être le siècle des distractions passives, de l'abrutissement par des microdécisions sans importance (les toujours nouvelles fonctionnalités de votre portable, les clics pour consommer un nouveau produit), pour faire de vous des adultes immatures, paresseux et craintifs (Susan Neiman, *Grandir*) il est absolument nécessaire de réagir, de se créer un lieu à soi où se confronter au monde tel qu'il est et tel qu'il devrait être, sachant que le souci de soi, le sens du collectif et la conviction de notre utilité à changer ne serait-ce qu'une parcelle du monde forment le moteur en mode ternaire de notre puissance.

Et si, comme l'écrit Susan Neiman, « la liberté est l'aptitude à obéir à une règle que vous vous êtes fixée », donnez-vous pour règle d'aller nicher dans la cabane écologique qu'est le lieu à soi.

Dans ce lieu affranchissez-vous des limites que vous vous imposez dans « la vraie vie », soyez impersonnelle, refusez d'être réduite à une seule condition d'existence. Dans *Peau noire, masques blancs* Frantz Fanon s'indignait d'être enfermé dans la cause noire, d'être assigné à sa seule mémoire collective, à son déterminisme, même s'il luttait pour l'améliorer. De même bell hooks rappelle dans *Blackness* que Malcolm X revendiquait une « conversion psychique » des Noirs pour s'émanciper du racisme intériorisé – ce qui fut ensuite oublié par le Black Power dont le combat ne fut plus que pour l'égalité économique.

Privilégiez les sauts de pensée, les bouleversements de perception, les courts-circuits, les paradoxes, argumentez sans résumer, dialoguez avec vous-même, sans complaisance et avec parfois un soupçon de cruauté. Suivez Marc Aurèle qui déclinait dans ses *Pensées* l'examen de conscience, l'autocritique, le sentiment de la petitesse des choses humaines, la discipline de l'assentiment, la faculté de juger, le consentement joyeux à l'égard du monde, la fugacité de l'instant. « Délimite le présent. »

Diane Deriaz, une femme formidable, ancienne trapéziste et grande lectrice, auteure de *La Tête à l'envers*, aimait à dire, quand je l'interrogeais il y a une trentaine d'années sur ses disponibilités afin qu'on se voie plus longuement en fin de journée, qu'elle n'était pas libre de ses soirées. Un jour que j'insistais elle m'avait répondu en souriant, je ne peux pas malgré tout le plaisir que j'en aurais, j'ai rendez-vous avec moi-même. Ce n'était pas une formule, c'était ce qui fondait sa personnalité rayonnante et atypique.

Il faut être la gardienne de son lieu et en défendre le secret tout en l'ouvrant à tous les horizons. Il y a beaucoup de vertus à y découvrir, même si ce mot vieilli et peut-être usé ne parvient pas à évoquer tous les bienfaits qu'il contient : l'attention à soi, la naïveté, l'innocence, le détachement, la confiance, la gratitude, la sincérité, l'étonnement, l'inutilité, l'intuition, l'imagination, la conscience cosmique, la joie.

Cette éthique de la joie célébrée de Sénèque à Nietzsche, de François d'Assise à Clément Rosset, ce « Réjouis-toi » répété dix-sept fois dans l'Ecclésiaste, n'est possible que dans l'expérience de l'appartenance à un tout, le « dire oui » de Nietzsche, le pur et simple désir d'exister de Thoreau.

Bien sûr vous aurez remarqué que la plus grande part des références citées proviennent de personnes de genre masculin, j'aurais pu faire l'effort de privilégier des citations de femmes comme il est de coutume en féminisme, mais outre que je ne veux pas complaisamment genrer mon propos, notre culture intime s'est construite d'une majorité d'œuvres d'auteurs dans lesquelles on a butiné un savoir-être qui nous a nourries autant que parfois on a su s'en méfier. Ne serait-ce que par le souci du complément d'objet, « nourries », au féminin pluriel très contraignant mais qui nous rappelle à chaque fois qu'on l'applique notre différence, notre décalage face à la norme masculine, nous obligeant à la penser et donc à penser. Ce temps infime du juste accord est un temps précieux de recul, de doute aussi par rapport à l'écrit et à ce qui est formulé. Cette souplesse qu'ont les femmes à jongler avec les accords et tous les codes, les patronymes (noms du père et de l'époux), même si c'est accompli dans un rapport inconscient à la langue, leur fournit une aptitude de plasticité face aux identités qui leur permet de ne pas y être enfermées autant que les hommes (dans leur nom inchangé, leur costume identique depuis plus d'un siècle). Au temps de la domination masculine en majesté on appelait une femme madame Marcel Fournier, elle savait fort bien qu'Alice Bailly était le nom de son enfance et de sa jeunesse, qu'il n'était pas entamé par le prénom et le nom de son époux, qu'elle endossait comme un manteau sans propriété intrinsèque.

De la vieille histoire, me dira-t-on, mais ce n'est pas si vieux, à peine deux ou trois générations, et du passé nous ne pouvons faire table rase, comme jeune je le croyais ; l'idée qu'on puisse s'inventer de rien, rectifier la langue (au sens de la Révolution chinoise qui voulait rectifier le langage et le comportement par la terreur) de façon systématique a quelque chose d'absurde et de contre-productif. Le rapport au langage, la faculté de nommer, si elle est primordiale pour penser un autre monde, s'appuie sur tant de strates corporelles, historiques et inconscientes, un sous-sol riche, complexe, discriminant qui réfute toute décision rationnelle et rapide.

Dans cette troisième dimension que j'évoque il n'est en tout cas pas question de trancher, de décider, on laisse flotter les genres grammaticaux tout en reconnaissant leur pouvoir sélectif, on s'immerge dans l'indifférencié, on plonge sous les radars dans les interstices du visible jusqu'à devenir invisible, un être furtif non appropriable, tel que le qualifie Cynthia Fleury, léger, qui échappe au contrôle panoptique, où le rêve est privilégié comme la vraie victoire sur le temps. Cette existence clandestine faite d'improvisations, d'imprévisibilité, loin de tout concept, de tout fétiche, laisse couler les mots et les images en toute fluidité, laisse vagabonder l'esprit qui n'est plus qu'intelligence flottante, l'imagination et la rêverie y sont reines, on redevient soi-même c'est-à-dire un autre. « Chaque être à chaque instant devient par altération un autre lui-même, et un autre que cet autre », dit Vladimir Jankélévitch dans *L'Irréversible et la Nostalgie*. Car la conscience de la variabilité et de l'aléatoire nous dédouane de tout déterminisme du devenir et c'est un énorme poids qui se dissout. « La propriété essentielle du vivant est son caractère aléatoire et ce caractère aléatoire est le substrat de notre liberté », disait Deleuze.

Mais sans imagination qui implique le décentrement, sans la possibilité de se mettre à la place de l'autre, sans la rêverie, la faculté créatrice, l'intuition ou conscience élargie, nous ne pourrions pas expérimenter les aléas comme liberté. « L'imagination saisit infiniment plus de vérité que la perception » (Günther Anders). Les neurosciences, du reste, ont révélé le rôle bénéfique du vagabondage mental et de l'imagination pour le cerveau, qui permet entre autres de résoudre des problèmes complexes par associations d'idées. La baisse du contrôle cognitif permet au cerveau d'être plus dynamique (Michel Le Van Quyen, *Cerveau et silence*).

Le lieu de la réinvention de soi

Ce lieu réel et virtuel, refuge intime de la réinvention d'un soi toujours en mouvement, je le vois grâce à l'analyse de Heinz Wismann (*Penser entre les langues*) comme la troisième couleur-frange des tableaux de Rothko ; il y a trois ingrédients, dit Wismann chez Rothko, le fond, la perturbation et une troisième couleur, une sorte de frange qui n'est pas destinée à être résorbée dans une unité esthétique, et qui plonge dans une perplexité sans fin, je dirais une méditation sans objet, mais à chacun ses mots. Le pas d'objet est important, la non-réduction à une identité (origines, sexe, classe sociale, race, religion) pour les femmes en tant que personnes de seconde zone, qui la subissent de plein fouet, est capitale. S'évader du carcan des assignations, sortir du cercle de leur destinée. Je me souviens du thé à la menthe sur les terrasses blanches de Fez ou de Rabat où mes vieilles amies marocaines me racontaient les rêves de leur jeunesse quand elles montaient la nuit sous le ciel étoilé, seul endroit de solitude et de liberté. Là-haut, face à la lune elles s'inventaient une vie imaginaire que les codes et les traditions ne pouvaient détruire. Nous n'en sommes plus là même si tout ce qui relève de la mode, de l'ornement, du déguisement semble à certaines les attributs résistants de notre condition subalterne. Ce que je ne crois pas, je pense au contraire que l'habit fait le moine en partie, « se costumer, se travestir est un acte de créativité », disait Leonor Fini, on devient d'autres personnages que soi – elle apparaissait lors de bals costumés dans l'après-guerre en hibou, reine des enfers ou chat masqué. Le costume multiplie les possibilités de soi, dans ce jeu du paraître tout est éphémère et rappelle le *comme si* des enfants (on sait désormais grâce à la découverte des neurones miroirs que faire comme si c'est faire). Je me demande bien pourquoi notre société réserve aux seules drag queens la possibilité de se déguiser, pourquoi la morale écologique pourfend les habits chamarrés au nom d'un devoir puritain (les jeans sont pourtant reconnus comme les plus grands pollueurs). J'ai aimé dans *Un corps à soi* de Camille Froidevaux-Metterie cette défense de l'ornement, du souci esthétique, de l'apparence comme représentation de soi. Elle revient sur le sens ontologique de l'ornement dans les sociétés anciennes, « se parer c'est se représenter, c'est une appropriation de soi qui peut être une augmentation de soi », dit-elle. Ce plaisir éphémère à se reconnaître autre dans le miroir que connaît l'adolescente, ou à contempler la beauté de sa star préférée, s'il n'était sous l'injonction démultipliée des multinationales du luxe ou des chaînes de grande distribution pourrait être le simple désir d'approcher le beau, d'en éprouver la valeur thérapeutique. Il y a une trentaine d'années j'avais inventé le terme de beauté-thérapie, expliquant les bienfaits de la beauté (robe, tableau, océan, livre, paysage, etc.) sur mon humeur mélancolique, et on riait gentiment de moi comme on le fait avec un enfant inconséquent, depuis ont surgi art-therapy, développement personnel, imagerie cérébrale, paléo-archéologie (les objets bifaces en pierre taillée datant de plus d'un million d'années ont une fonction symbolique et esthétique de symétrie bien au-delà de leur fonction d'outil). La beauté ou ce que l'on conçoit comme telle est au centre de notre conception du monde. La beauté est toujours un apparaître dans l'instant, la beauté nous apprend à aimer, écrit François Cheng dans *Cinq méditations sur la beauté*. Et les femmes y sont plus sensibles, non seulement parce que historiquement le critère de beauté était leur seul atout (le désir des hommes), mais parce que leur attention aux autres, aux mille détails de la nature les y invite davantage (la futilité des femmes). Hors ces deux critères il y a ce qui leur a été refusé des siècles durant, la vivacité d'esprit, la faculté de changer de point de vue, alors qu'elles s'y sont exercées toute leur vie. Car elles sont les adeptes du double-penser : penser du point de vue des hommes et penser selon son propre point de vue (qu'on tait). Ce fut leur secret et leur force depuis l'adolescence, connaître ce que pense l'autre, s'y conformer, le contester, en souffrir, ruser, en sourire, en jouer – le jeu a toujours été l'apanage de l'opprimé, enfant y compris, et les femmes ont su déployer tous les attributs ludiques, du maquillage à la parure.

L'espace de la langue

Dans cette troisième dimension du lieu à soi, il s'agit d'aiguiser la puissance des mots, apprendre l'art d'être expressive, hors des gangues normatives, des novlangues et du double-penser. Trouver sa voix, faire confiance à sa propre pensée. Pour cela tentez de supprimer le « je », ce « je » si puissant qui a été la conquête des femmes au XXe siècle mais qui devient un carcan. On a porté aux nues ce « je » qui énonce et performe (celui des femmes qui nommait leur liberté jusqu'à celui des trans qui s'autodéterminent, je suis un homme, je suis une femme), mais dans un monde où on reconnaît dorénavant notre mutuelle interaction, notre interdépendance, l'affirmation péremptoire d'un « je » tout-puissant et déterministe a quelque chose d'un solipsisme suicidaire. Cela me rappelle l'histoire qu'aimait à raconter Christiane Singer : un employé de chemin de fer se fait enfermer par mégarde dans un wagon frigorifique, il ne peut résister au froid, et avant de mourir parvient à écrire « j'ai froid et je me meurs » – mots qu'on découvre en même temps que son cadavre dans un wagon où le système frigorifique n'était pas en fonction.

Si nous vivons et nous mourons de nos représentations, comme l'écrivait Lou Andreas-Salomé, il faut pourtant les questionner.

On érige ce pronom première personne en majesté comme une obligation de liberté, ce que font certains courants féministes tellement fixés sur l'expérience identitaire et la lutte contre les discriminations qu'ils en oublient tout le reste qui fait un être humain. C'est comme si leurs membres n'avaient rien lu des travaux des ethnologues sur des sociétés où l'humanité n'est pas séparée en deux classes d'individus mais est liée par de multiples réseaux relationnels, masculins, féminins, neutres, mixtes, que les individus endossent selon des règles et des valeurs déterminées. Sexe et genre n'y fonctionnent pas comme propriétés identitaires comme dans la représentation occidentale individualiste et dualiste de la personne née au XIXe siècle. Pensez par-delà nature et culture comme l'enseigne Philippe Descola, réfléchissez à ce « je » qui dénote un ego bien embarrassant à une époque où la pensée du vivant, de notre rapport à la planète demanderait plutôt qu'il se taise. Souvenez-vous de la pluralité des voix en nous – Deleuze et Guattari disaient avoir gardé pour *Mille plateaux* leurs noms sur la couverture par habitude, « comme chacun de nous était plusieurs, ça faisait déjà beaucoup de monde ».

Préférez le « tu », qu'il s'adresse à vous ou à l'autre (l'ami imaginaire des enfants) avec qui il vous arrive de batailler dans votre espace à vous. Créez cette distance pour vous interpeller, vous encourager, vous admonester, pour changer vos anciens cadres de pensée, vos préjugés, vos complaisances envers vous-même (ce que l'on tolère pour soi on le refuse à l'autre, ainsi le droit de changer, de voyager, de migrer). Il est plus efficace que la première personne, n'hésitez pas à employer le « elle » quand la nécessité l'impose ou que vous avez trop d'indulgence pour un « tu » familier – même si l'emploi de la troisième personne pour s'évoquer soi-même relève habituellement du vocabulaire des pauvres d'esprit, des dérangés ou des gâteux qui exorcisent ainsi leurs démons (lexique volontairement désuet mais qui exprime le peu d'estime qu'on porte au travail de soi à soi que tout être humain expérimente comme il peut avec sa psyché). Cette expérience dérangeante et risible du « elle » ou du « il » pour dialoguer avec soi-même, de par son apparente objectivation, permet de déloger les idées arrêtées, les sentiments noués. Le « tu » est par ailleurs un procédé narratif parfois employé dans les romans, il permet autant l'introspection que la participation du lecteur qui partage avec l'auteur l'ambiguïté de son statut – ce statut paradoxal qui a l'effet salutaire de rompre les ponts avec ce vieux moi qui trône imperturbable du haut de sa royauté périmée.

« Maîtriser la langue, c'est se faire entendre, avoir voix au chapitre », écrivent les Linguistes atterrés dans leur « Tract » chez Gallimard. Il reste un énorme chantier, entre féminisation standardisée et invention langagière, pour déboulonner la fausse image d'une fixité de la langue commencée au XVIIe et amplifiée au XIXe, au détriment de celles qui n'avaient qu'à se contenter de leur place au foyer. La langue est un marqueur social qu'il faut savoir s'approprier : outre la généralisation de la mise au féminin par suffixe (autrice), ajout d'un e muet (auteure), article au féminin (une médecin), emploi de l'épicène (une élève, une ministre), accords de proximité, il faut développer les néologismes, analyser l'histoire des mots, leurs nuances, leur contexte. Le langage est un outil d'exploration du réel et de ses usages, répète Sandra Laugier. Apprendre les registres de style, l'usage de la métaphore, de l'analogie, du contrepoint pour ne pas ajouter l'insécurité linguistique à l'insécurité quotidienne. Si le futur antérieur, le subjonctif, temps de l'hypothèse et du possible, de la distinction du virtuel et du réel (Umberto Eco) sont à l'abandon, on peut réinvestir les prépositions de la pensée relationnelle (inter-, entre-, avec, à travers, à côté), dit Michel Serres dans *Éclaircissements*, cela permet de fluidifier notre condition, de la désenclaver.

Exagérer, aussi, apprendre à exagérer comme l'exprime Thoreau dans *Walden*. « Je désire trouver où parler sans limites, car je suis convaincu que je ne pourrai jamais assez exagérer même pour les bases d'une expression vraie. » Quand on est enfant, surtout une fille, exagérer est très mal vu, adulte on me l'a reproché souvent alors que ce n'est que dans l'exagération que je pouvais trouver la justesse du point de vue, le souffle de la créativité.

Tenez votre journal si vous aimez écrire. Elias Canetti dans *La Conscience des mots* l'appelle « dialogue avec le partenaire cruel » – il ne s'agit pas d'y exprimer seulement des états d'âme mais de s'attaquer à soi comme s'il s'agissait d'autrui. Canetti distingue les carnets, les agendas et les journaux. Les premiers sont pour les idées qui jaillissent, les inspirations subites. Les seconds notent les faits, les lieux, les noms de ce qui fait les jours. Dans les journaux, dit-il, on se parle à soi-même dans un rapport dialogique où on ne s'évite rien.

La langue française est particulièrement complexe voire incohérente au point de décourager toute velléité de l'explorer, alors on préfère s'en tenir aux règles et à leurs exceptions si nombreuses. Cela tient en partie à ce que le féminin et le masculin sont lexicaux en français et pas sexués : on dit une fleur, une perdrix, un papillon, ce qui ne repose sur aucune distinction de sexe, on dit une recrue, une canaille, une sentinelle, ce qui ne renvoie à aucun féminin. L'anglais est plus simple : tous les noms communs sont neutres, le genre n'intervient que pour les êtres humains et parfois les animaux. Vouloir à tout prix féminiser ce qui le demanderait est non seulement une gageure mais une obsession qui peut tourner à la fixation pathologique et voiler le fond du problème : nous ne sommes pas que le genre qu'on a eu à la naissance ou qu'on s'est donné, notre imaginaire nous permet de nous inventer homme, femme, neutre, et la littérature en est l'invitation majeure.

L'espace littéraire

Si le langage est à mi-chemin des étoiles, disait George Steiner, et si le temps du futur est au cœur de l'existence comme principe d'espérance, les mythes, eux, sont le temps des commencements et le paradigme de tout acte humain. D'où l'importance de revenir aux mythes, à ces récits fondateurs qu'en tant que femmes on peut faire siens en remplaçant le héros par l'héroïne puisque les mythes n'ont pas de texte archétype, n'existent que comme variantes (la force du mythe, au contraire du poème, est de ne rien perdre de sa valeur quand on le traduit).

Être le lecteur, être la lectrice d'une œuvre narrative c'est être à l'écoute de l'au-delà des mots. Lire est une expérience émotionnelle autant que cognitive, une expérience qui s'apparente à l'écoute de la musique, par-delà le vrai et le faux. Lire demande la suspension de l'incrédulité (*willing suspension of disbelief*, disait Coleridge), de faire le pacte de croire l'auteur, avec ce que ça comporte de naïveté revendiquée, d'étonnement serein. Vous lisez, vous oubliez qui vous êtes, vous faites confiance à ce qui vient. De même dans votre bulle de temps qu'est votre espace du neutre, laissez loin de vous tout dualisme, toute injonction à n'être que vous, ouvrez-vous au multiple, à toutes ses incarnations, du plus terrible au plus subtil, soyez toute attention aux mots qui les portent, ne craignez pas l'accusation portée par Platon contre Homère, la poésie est inutile. Plongez dans cette expérience énigmatique et inutile qu'est la lecture, de même que laissez-vous bercer dans l'expérience du neutre qui contient toutes les virtualités qui seules sont à même de vous ressourcer. Abandonnez même l'idée de lire pour résoudre un mystère comme dans un roman policier, la défloration du mystère est une obsession contemporaine, une réduction désespérante de la complexité de la vie, du foisonnement secret qui fait un être. Elle relève d'une hygiène superficielle et rassurante, d'une illusion de maîtrise et de simplification du réel, aveugle aux enracinements et aux cimes.

Le champ du neutre, comme celui de la lecture, coïncide avec la mise entre parenthèses de toute autre activité, la suspension du jugement comme acte de liberté. On y déplace les perspectives, on perçoit le monde pour lui-même et non plus pour nous, on plonge dans le « il y a » impersonnel qui dépasse l'horizon de ma perception, on devient l'être sans qualités qui peut aussi bien écouter le silence que le chant du monde. Ce « il », troisième personne neutre, non qualifiée, peut être celle du divin, ou bien d'un au-delà de l'être humain, ou d'un envers de notre condition sexuée.

Pour les femmes qui ont été et sont toujours confrontées à la hantise de ne pas être à la hauteur, de ne pas être assez bien, de ne pas remplir les cases du parcours parfait, d'être renvoyées à leur condition sexuelle à chaque instant de leur vie quotidienne, il est vital de posséder son endroit à soi, le refuge du neutre où déployer ses ailes, où coïncider avec les trois dimensions du temps, la durée, l'éternité et l'instant, et ainsi d'habiter pleinement le monde. Cynthia Fleury constate que l'être de ressentiment ne peut relier ces trois dimensions et ne peut qu'utiliser le langage de la violence.

L'espace à soi c'est l'espace du récit et de la durée. Face au tsunami d'informations éphémères et souvent brutales, la mémoire a besoin de recul temporel. L'être humain est un être de l'instant et de la durée, sans cette dernière il perd l'esprit devant le raz-de-marée des narratifs qu'on lui impose. Il a besoin pour y réagir sans être submergé de renouer avec le temps conséquent du récit, de sa cohérence, de son mystère. Contrairement à ce qu'on nous répète nous ne sommes pas des « quantified self » dont on explore et calcule toutes les fonctions vitales, nous ne sommes pas que nos battements cardiaques, notre taux de cholestérol et notre poids idéal. Nous sommes aussi des êtres de fiction – celle que nous nous inventons, qui échappe à la contingence, nous sommes des êtres sensibles à l'enchantement du monde, désireux d'en partager l'éclat avec nos semblables.

Il n'est pas étonnant que les lectrices soient plus nombreuses que les lecteurs. Plus accessibles à l'empathie, au devenir autre, au pouvoir de la fiction et de l'identification, que ce soit pour s'évader de leur situation présente ou pour s'augmenter de vies différentes. La propension des femmes à s'intéresser aux autres, proches ou simples passants, fut souvent stigmatisée ; elles étaient traitées de commères, nom qu'on leur donnait dans les villages quand les hommes s'adonnaient sans regarder ailleurs à leur travail, leur devoir, ignorant la rue, ce qu'on qualifiait de dignité. L'emploi des mots, le pouvoir qu'ils ont de disqualifier ou d'honorer est une des clefs de la domination.

La syntaxe en est une autre. On a presque oublié qu'une phrase comprend des éléments appelés propositions qui permettent d'articuler ce que vous voyez, ressentez, pensez. Les propositions principales, coordonnées et subordonnées ordonnent votre argumentation. Désormais on n'énonce plus qu'une phrase réduite à sa plus simple expression (sujet, verbe, attribut) ou on n'use que de juxtaposition, perdant le sens de la nuance, de la hiérarchisation, du contexte et du savoir situé. En lieu et place d'une réponse circonscrite on réagit par des onomatopées ou des émojis.

Cette perte de l'effort de pensée va aller croissant avec les algorithmes qui prennent en charge tout énoncé complexe, le réduisent le plus souvent à des critères masculins, à leurs préjugés, présupposés et prêts-à-penser puisque les codeurs sont à 80 % des hommes blancs – ce sont ces techniciens les nouveaux clercs qui ont toute liberté de formater nos cerveaux à l'aune de leurs normes. Il est absolument vital non seulement de reprendre la maîtrise sur les éléments du discours mais de s'entraîner à raisonner sans avoir le recours systématique de l'IA qui le fait à partir des matériaux de la domination sémantique.

Dans cet espace que vous avez créé, la lecture est considérée comme une activité prestigieuse, pas un délassement, un abandon, elle offre des perspectives démultipliées, sans accessoires ni technologie elle vous emmène dans des mondes insoupçonnés, des continents habités par des humains que vous ne connaissiez pas et qui d'un coup d'étrangers deviennent vos intimes – plus que tout document ou essai, le roman dépoussière votre ordinaire, vous vous y glissez lentement, vous vous identifiez secrètement à des destins dont vous n'aviez aucune idée. « Il y a dans le roman quelque chose que le philosophe ne pourra jamais produire : la représentation d'une situation dans son déroulement » (Pierre Hadot, *Exercices spirituels et philosophie antique*). Car la lecture d'un roman vous permet de déplier le temps, de revenir quelques pages en arrière, de faire des pauses puis de reprendre, de suivre un personnage dans la durée, de changer d'avis à son sujet, de sombrer dans l'incompréhension ou bien de sursauter devant ce qui vous apparaît une révélation.

Souvent les hommes qui ne lisent pas disent qu'ils ont mieux à faire, un match de foot, les nouvelles en ligne ou un documentaire. Les femmes qui ne lisent pas en ont le regret, manque de temps, de disposition d'esprit – elles savent intuitivement ce que cela pourrait leur apporter si elles étaient disponibles.

Être disponible à soi-même devrait être le b-a ba de l'existence – si vous ne l'êtes pas comment l'être pour autrui ? Et pourtant être disponible à soi-même est un combat, contre soi pour s'autoriser, contre le système social qui en perpétue l'interdit de façon invisible et d'autant plus efficace qu'elle est implicite.

Apprendre à être disponible pour soi-même c'est reconfigurer le schéma cognitif dans lequel les femmes ont été éduquées, c'est pour cela qu'il leur est plus vital et plus difficile de l'atteindre. Ce que l'on nomme désormais la charge mentale des femmes ne rend pas compte de l'immensité du fardeau, ce terme évoque l'ordinaire de leurs devoirs domestiques mais n'envisage pas toutes les opérations mentales et comportementales qu'elles effectuent à chaque instant pour retraiter les injonctions à être performantes, responsables, aptes à résoudre tout micro-événement problématique qui les minore, les fragilise, les blesse, qu'elles subissent et feignent d'ignorer (la prise de parole en réunion qu'on interrompt alors qu'on ne le fait jamais quand il s'agit d'un homme, ou l'inattention quand vous vous exprimez, l'adresse compatissante ou le compliment limite, etc.). Ce statut ancillaire qui perdure dans les gestes mineurs malgré les discours d'égalité proclamés a l'avantage paradoxal de les tenir en alerte, de leur donner une agilité mentale que n'ont pas à fournir les hommes bien installés depuis des siècles dans leur rôle (de même un homme le matin face à son placard a le choix simple entre le costume pour le travail et le jean pour le reste, une femme a mille choix qu'elle entrevoit à toute vitesse, qui parfois l'amènent au bord du désespoir ou qui la projettent dans le léger plaisir de plaire).

Les femmes, contrairement aux clichés et aux histoires drôles, réfléchissent plus que les hommes. Quand un homme réfléchit à sa condition d'humain et à sa place dans l'univers il le fait en fonction de sa culture, de son histoire, de son espèce, une femme ajoute le paramètre de son sexe et de son histoire contrainte, et pratique le double-penser. Ce pour quoi, je le redis, avoir un endroit où retraiter tous ces donnés et in fine s'en détacher lui est primordial. Et, au risque de me répéter, ne croyez pas que l'intelligence artificielle va vous y aider : l'IA est fondée sur l'apprentissage des régularités statistiques les plus saillantes, elle reproduit les discriminations qui vont servir de bases aux systèmes ultérieurs et fournit un prêt-à-penser aussi dangereux que sexiste.

Un lieu utopique

Si Susan Neiman définit *penser* par penser par soi-même (sans préjugés), penser en se mettant à la place des autres et penser en accord avec soi-même, il n'est pas dit qu'on y arrive même après des séjours répétés dans l'espace du neutre, lieu à la fois réel et utopique. On y produit souvent des pensées confuses qui parce qu'elles ne sont pas clairement conçues selon la logique apprise possèdent des germes précieux qui s'ensemenceront plus tard. Cette opacité de la pensée qui nous désole parfois est la seule manière de sortir du dilemme (être ou ne pas être) et du tiers exclu de la pensée occidentale et du langage binaire de l'ordinateur. Dans la pensée indienne, hindouiste ou bouddhiste, on pense en tétralemme (être, non-être, être et non-être, ni être ni non-être), un mode de connaissance qui permet les contradictions et les paradoxes. Dans la pensée chinoise le mode ternaire est privilégié (le yin, le yang et le vide médian) et dans le taoïsme le souffle qui est le neutre met en interaction les deux polarités. Que chaque être humain évolue entre un pôle dynamique et un pôle statique, selon la représentation chinoise du yin et du yang, avec le point inscrit dans chaque pôle comme le germe de son opposé, ne renvoie pas à une quelconque binarité mais au cycle de la vie qui conçoit le passage, les interactions et l'impermanence, sans souci de sexuer ce phénomène universel.

Se resituer dans cet espace de vie cosmique, se désidentifier de toute qualification, rejoindre un état fécond d'indéfini, voire d'illimité, me semble crucial pour chacune d'entre nous (renvoyée à sa spécificité féminine) et pour chacun d'entre nous (renvoyé à l'universel masculin). Souvenez-vous de votre dernier bain de mer : vous plongez sous la vague, vous mouvez bras et jambes dans un geste fluide, plus de pesanteur, mais la joie d'un corps libre dans l'eau qui le porte, vous n'êtes ni contenue ni limitée ni entravée, vous ne vous ressentez ni femme ni homme, peut-être pas humain, peut-être en devenir poisson ou phoque ou dauphin – c'est cette sensation que je définis comme celle de l'espace du neutre, celle de l'indétermination, sans doute éphémère mais capitale avant d'ensuite réintégrer la *vita activa.*

Si l'on reprend l'histoire des combats féministes, avant les années 60 c'était arracher les femmes à la sphère privée par le droit de vote et l'égalité des droits, dans les années 70 la sexualité, le droit à l'avortement étaient au cœur des revendications, ensuite il y eut un net repli dû au fait que certaines croyaient que les acquis le seraient à jamais, jusqu'à MeToo qui a à la fois dénoncé les violences contre les femmes et signifié combien l'intériorisation des inégalités fonctionnait encore à plein régime. Mais MeToo, mouvement social, a davantage insisté sur les victimes que sur les modèles et les figures émancipatrices seules à même de les sortir de ce statut victimaire, du coup il les a enfermées dans une représentation de soi négative et quasi désespérante où la lutte est davantage dans la dénonciation que dans la redéfinition de soi. Camille Froidevaux-Metterie propose le terme de féminisme phénoménologique pour repenser le féminisme à partir de l'expérience personnelle, dans *Un corps à soi* elle défend une réappropriation de soi qui passe par le corps, depuis le corps. On est un sujet pensant et un sujet incarné, qui se questionne à partir d'une situation particulière, selon la conscience de l'instant. Analyser cette relation à son corps à chaque étape de sa vie, quel que soit son âge, sans en proscrire les éléments perturbants n'en est qu'à ses débuts. Il n'y a qu'à voir l'impensé du corps des femmes vieillissantes, l'image sociale qu'elles renvoient, ce que Susan Sontag appelle « *the double standard of aging* », on valorise le vieillissement chez les hommes, on l'esquive chez les femmes.

Si la reconfiguration de soi ne peut plus emprunter les anciennes voies mais doit introduire d'autres notions non seulement dans le rapport que l'on a à son propre corps mais en relation avec le monde vivant, si comme le dit Augustin Berque « l'être se crée en créant son milieu », se donner un espace où sortir des schémas autocentrés est capital. Prenez la notion de mérite et de méritocratie qui a permis à tant de personnes de milieu modeste de s'élever sur l'échelle sociale, les femmes du reste en ont emprunté la voie plus que les hommes ces dernières décennies, cette notion est aujourd'hui contestée, le mérite qui était la représentation de l'autodétermination du sujet est retenu comme une représentation viciée de la liberté, qui vise la compétition et la concurrence plutôt que le partage des savoirs et la mise en pratique des savoir-faire.

On ne peut ici épuiser la multiplicité des sujets à traiter et à reconsidérer en fonction de l'évolution des risques planétaires, la révolution des regards sur notre destinée et les énoncés toujours là d'une éducation fondée sur la discrimination. Le XIXe siècle sévit toujours qui a privilégié le terme de complémentarité des sexes pour gommer les inégalités. Dans cette complémentarité l'une était le reflet de l'autre, quand l'autre avait la force l'une avait la fragilité, quand l'une était ignorante et dépendante l'autre était instruit et assurait l'intendance. Ces vieilles représentations ne sont pas tout à fait mortes, proverbes, règles de politesse, historiettes et maintenant l'IA* en sont les traces qui résistent au temps.

Dans l'espace du neutre on mesure le pouvoir du collectif, le neutre c'est aussi le « nous », nous sommes tous les témoins du changement, nous ne

* Dans 30 % des cas proposés par Meta et OpenAI la femme est présentée comme une prostituée, un mannequin ou une serveuse, selon une étude de l'Unesco publiée en 2024 (Anne Alombert, *De la bêtise artificielle*, Allia, 2025).

sommes pas seules et seuls à le constater, il nous appartient à « nous » d'apporter notre contribution aussi infime soit-elle à l'accompagner. Raimon Panikkar, un grand théologien de père indien et de mère catalane, l'a résumé ainsi : « Nous ne sommes pas seulement spectateurs du réel, nous en sommes aussi co-acteurs et co-auteurs. »

Les verbes du dialogue intérieur

Entre un état dit universel du monde qui a donné tout le pouvoir aux hommes et l'espace de neutralité que vous vous êtes donné pour réfléchir à votre état à vous, il y a un abîme, me direz-vous. Mais l'un ne va pas sans l'autre. Cet espace du neutre était une évidence pour Hannah Arendt et Simone Weil. Se placer dans un espace non qualifié par la différence sexuelle, c'était pour elles assumer la position de tout penseur et le « dialogue silencieux du je avec soi-même » (Arendt). Simone de Beauvoir en critiquait l'option en tant que féministe à une époque où il fallait au contraire clamer son être-femme et défendre ses droits. Jusqu'à l'année 1965 en France une femme n'avait pas le droit d'exercer un métier ou d'ouvrir un compte en banque sans l'autorisation du mari – trois ans avant Mai 68…

Si le passage d'une pensée de soumission à une pensée d'égalité a pu s'établir à travers des lois, c'est l'intériorisation d'un nouveau type de lien social fondé sur la symétrie et la réciprocité qui peut l'ancrer. C'est une lente métamorphose du corps social qui résiste avec force aux changements. La libération n'est pas un slogan de banderole, c'est un processus complexe qui demande avant tout de savoir changer de point de vue. Et où mieux que dans son espace à soi s'exercer à l'effectuer ? Lors de ces exercices spirituels dont parle si bien Hadot où on s'affronte à ses propres préjugés, à ses peurs et à ses désirs et où on s'attache à l'invention de soi.

J'ai choisi quatre verbes emblématiques pour esquisser un cheminement de pensée, abandonner, abriter, retraiter, inventer, que chacune ou chacun peut dérouler à sa manière

Abandonner

Il ne suffit pas de lire ou d'écrire l'histoire du point de vue des vaincus. Être victime n'est pas être libre. Ne plus dépendre d'une tradition injuste, de tous les conditionnements qu'on subit et qui terrassent la psyché, c'est d'abord abandonner la peur et tous les sentiments qui s'y attachent : la mésestime, la plainte, l'amertume, la rumination, le ressentiment, la résignation, la capitulation, la victimisation, la vengeance (je les énumère car qui n'est pas passé par là ?). Deleuze écrivait que l'esprit de vengeance était « l'élément généalogique de notre passé, le principe transcendantal de notre manière de penser » (ce *notre* guerrier étant l'apanage des hommes et *notre passé* étant malheureusement devenu notre présent à l'heure du retour aux grands conflits). Il y avait et il y a donc la vengeance exercée par les hommes et la victimisation subie en grande partie par les femmes avec la réparation au milieu (réparer est devenu l'adage populaire en politique et en psychologie). Ce n'est pas seulement MeToo qui a renforcé le rôle de la victime dans le paysage social, depuis les années 70 le modèle du héros a cédé la place à celui de la victime, avec la prise de conscience de ce qu'a signifié la Shoah, et après coup l'esclavage et la colonisation. Comme le disait Roustang, pour certains patients qui viennent en analyse la plainte peut être un état dont on ne veut pas sortir, un état qui convient (*La Fin de la plainte*). La victimisation en est un autre qu'on peut nourrir involontairement à force de procès où l'on répète les abominations qu'on a subies, à force d'aveux publics repris en boucle par les médias. Conséquence pernicieuse de la médiatisation, l'aveu qu'on a été victime contribue à banaliser le viol et dans certains cas à disqualifier la personne. Dénoncer sans s'enfermer dans la victimisation est devenu quasi impossible. Certaines ados, du reste, ont même une sorte de rejet du comportement victimaire qui les amène à vouloir transitionner.

Ce que beaucoup de femmes et de filles ont en partage c'est la hantise de leur propre insignifiance, l'idée de ne pas être à la hauteur, de ne jamais être assez bien. Vieux complexes qui au-delà de l'apparence physique traduisent leur inadéquation dans un monde fait par l'homme, où la femme doit s'ajuster, être en retrait ou en défense. Quand l'heure était encore à l'héroïsme et au combat féministe frontal les exhortations au courage, à la victoire et aux vertus exemplaires étaient légion (les femmes performantes devaient être mère, amante, amie, *winner*, *executive woman* et j'en passe). Puis est venu le temps du repli, certaines croyant l'égalité instaurée par la loi et définitivement acquise, d'autres s'étant lassées d'être à la pointe du combat, de devoir toujours être au top. Les femmes n'ont plus à être courageuses ou formidables, méfiez-vous de ceux qui vous trouvent exceptionnelles.

Je regardais une archive de l'INA de 1965 où Marguerite Duras interviewait Pierre Dumayet, inversant les rôles, et lui, quelque peu dérouté de ce changement, lui demandait poliment s'il pouvait tout de même poser une question, et cette question – qu'est-ce qu'une femme, et la différence entre homme et femme –, qui semble visiblement le déranger et ravir son interlocutrice, il la pose presque timidement, comme une incongruité, quelque chose qu'on garde pour soi. Soixante ans plus tard et une flopée d'ouvrages sur le sujet, il serait bon de l'abandonner. Non pas bien sûr dans l'analyse historique ni dans l'histoire des femmes, territoire encore vierge quand Michelle Perrot lançait en 1973 un cours intitulé « Les femmes ont-elles une histoire ? »

Déjà à cette époque, pour Monique Wittig, Luce Irigaray, Françoise Delphy, dire ce que sont les femmes leur semblait hasardeux. Plus encore, la notion d'une essence féminine, d'un éternel féminin, sachant que cette essence et cette éternité avaient été construites pour les opposer au masculin actif, ancré dans son temps et le mesurant*. Et quand on ne parlait pas de cette essence aussi énigmatique que le sourire de la Joconde, on posait la complémentarité des sexes et des rôles définis par la bourgeoisie du XIXe siècle (femme au foyer et homme au travail) – toujours la panoplie des catégories intangibles de l'actif et du passif et de toutes les dualités, retraitées entre autres par le new age puis le développement personnel via une interprétation rapide de la symbolique religieuse.

---

* « Poser la Femme, c'est poser l'Autre absolu, sans réciprocité, refusant contre l'expérience qu'elle soit un sujet, un semblable » Simone de Beauvoir, *Le Deuxième Sexe*.

Dans *Dissoudre la hiérarchie (Masculin/Féminin vol. II, 2002)* Françoise Héritier s'interrogeait : « Pourquoi la différence des sexes, qui ne comporte dans l'absolu rien de hiérarchique, a été pensée dès l'origine comme différence en hiérarchie ? » Elle y explique la domination masculine par l'obligation pour l'homme de passer par la femme pour se reproduire. En la soumettant il prend le rôle décisif de la procréation et de la généalogie.

De nos jours la science a tranché, il faut abandonner les modes de pensée strictement genrés. Les sciences humaines ne considèrent plus que les qualités sociales, l'empathie, l'intelligence émotionnelle sont féminines, elles appartiennent au genre humain et sont plus ou moins bien réparties. Dans *Une voix humaine. L'éthique du care revisitée* (2023), Carol Gilligan, psychologue à Harvard, qui a été à l'écoute durant des décennies des voix d'enfants et d'étudiants, à l'écoute des voix réduites au silence par les codes de la différence sexuelle, relate ce que lui a confié un de ses étudiants : « Les hommes éprouvent le même dédoublement entre homme et humain sauf que la double conscience patriarcale est censée être reniée par celui qui la possède. » Et c'est bien la difficulté des hommes les plus ouverts à une pensée autre : ne pas savoir comment se comporter sans se renier ni trop y perdre – ce dont on ne parle jamais et à quoi s'attelle Gilligan. L'acte de prendre soin de l'autre, l'éthique du care qu'on dit typiquement féminin, n'a rien en propre de féminin, chacun le possède en soi et le développe ou non en fonction des critères sociaux dont on fait l'apprentissage enfant.

C'est tout récemment qu'on a abandonné le point de vue exclusivement masculin dans de nombreux domaines scientifiques, où l'homme reste encore la mesure de tout. Les recherches sont élaborées à partir de données masculines. Leurs applications aussi. Les standards de climatisation aux USA dans les années 60 étaient établis pour un homme de 40 ans et de 70 kg en costume. Tous les tests pour les médicaments, tous les essais cliniques étaient encore en 2007 à 90 % masculins. Quand on sait que les femmes éliminent plus lentement les produits ingérés, que pour l'autisme elles sont moins détectées et que pour l'infarctus elles ne présentent pas les mêmes symptômes… Le premier mannequin femme pour les crash tests dans l'industrie automobile date de 2023 grâce à une ingénieure suédoise. Dans *Le Patriarcat des objets* Rebekka Endler cite pêle-mêle les selles de vélo inadaptées, les toilettes, les meubles de bureau, les uniformes hospitaliers. Je recherchais il y a peu des informations sur le deltoïde, et toutes les illustrations présentées montraient des hommes, aucune femme, est-ce parce que ce muscle est représentatif de l'anatomie masculine ?

Autre exemple : le biais systématique dans l'étude des animaux, qui consiste à ne s'intéresser qu'au mâle alpha au détriment des femelles. Lucy Cooke dans *Bitch. Le pouvoir des femelles dans le monde animal* explique comment Darwin, lui-même victime des préjugés de la société victorienne, a énoncé le prétendu invariant de la sélection sexuelle : les mâles se battent pour les femelles qui restent passives et inoffensives. Cette vision androcentrée des sexes a été reproduite par des générations de scientifiques jusqu'à ce que l'éthologie se féminise. Depuis les femmes ont changé de perspective et observé que les femelles n'entrent pas toutes dans le schéma darwinien, loin de là. La hyène tachetée est une femelle dominante, les matriarches suricates sont les mammifères les plus meurtriers de la planète, les geais femelles sont belligérantes et très compétitives. La dominance des femelles bonobos, lémuriens, orques ainsi que la fluidité de leur rôle sexuel ont été étudiées, de même que la plasticité sexuelle chez les poissons, reptiles et amphibiens. Cooke décline tous les biais cognitifs androcentriques : biais de confirmation, biais culturels, mythe du patriarcat, de la monogamie, de l'instinct maternel, de la sexualité uniquement reproductive, etc. Plus que la chasse et la guerre, dit-elle, c'est l'intelligence sociale des animaux qui est maintenant observée, en termes de négociations, alliances, stratégies, influences, coopérations, que le partage des soins à leur progéniture façonne.

Frans de Waal, primatologue bien connu et récemment disparu, affirmait qu'il faut réviser nos hypothèses sur la nature humaine à partir de ces données, et David Crews, professeur de zoologie, va jusqu'à dire que le paradigme standard du mâle alpha a fait son temps, pour lui « la femelle est le sexe ancestral », bien avant l'arrivée des mâles sur la scène de l'évolution.

Dans *Ève. 200 millions d'années d'évolution au féminin*, Cat Bohannon s'indigne de l'injustice systémique de la « norme mâle » utilisée dans tous les protocoles scientifiques. L'hypothèse qu'être sexué n'est qu'une question d'organes sexuels, remarque-t-elle, n'est pas loin du mythe biblique de la côte d'Adam dont Ève serait née. Elle déplore qu'il n'y ait pas eu jusqu'ici de science des femmes et décline toutes les différences biologiques entre les sexes, du tissu adipeux à l'odorat, la vision, le cerveau – les femmes étant dotées de variables beaucoup plus souples liées à la reproduction. Loin de s'en tenir aux données biologiques mais repérant les biais de la pensée patriarcale, elle propose une hypothèse intéressante : dans l'histoire de l'évolution le sexisme a permis une adaptation qui passe par le contrôle des naissances et la protection des progénitures, mais aujourd'hui le sexisme et le patriarcat nuisent à l'espèce humaine en termes de santé et de richesse.

Il y a par ailleurs une notion capitale qu'on passe trop souvent sous silence bien qu'elle ait été clairement formulée par Virginia Woolf dans *Une chambre à soi* : « Le désir profondément enraciné en l'homme (est) non pas du tout qu'elle soit inférieure mais plutôt que lui soit supérieur. » On revient sans cesse à l'infériorisation des femmes alors que la supériorité implicite perdure dans tous les actes les plus minuscules de la vie : le « mansplaining », quand un homme vous explique ce qu'il faut comprendre sans vous laisser en placer une – la manière qu'a le taxi (le jardinier, le menuisier, le maçon) de s'adresser à vous pour vous donner conseil ou vous assener combien vous avez tort (ce qu'il ne fera ni avec votre père, votre frère, votre mari, votre fils ou vos amis). Rebecca Solnit, historienne de l'art, raconte dans *Ces hommes qui m'expliquent la vie* l'anecdote suivante : elle se trouve à Aspen dans le chalet d'un riche homme d'affaires qui vient d'apprendre qu'elle a écrit un livre, mais ne la laisse pas le confirmer, pour se mettre à encenser un ouvrage dont il a lu la critique dans le *New York Times* ; elle attend patiemment, quand un ami interrompt l'homme et répète : « C'est elle qui l'a écrit », sans que leur hôte ne semble digérer l'information, avant de rester bouche bée.

La supériorité implicite des hommes a toujours tétanisé les femmes, soit parce qu'elles reconnaissaient le fait, soit parce qu'elles étaient tellement sidérées de cette outrecuidance débonnaire, qu'elles ne se seraient jamais permise, qu'elles préféraient se taire. La mythologie de la muse du XIXe siècle, où le pygmalion selon qu'il est poète trouve en l'aimée la source de son œuvre, selon qu'il est banquier éduque telle courtisane à son image, cette mythologie perdure encore dans le domaine de l'art malgré MeToo. Le statut hors norme de l'artiste tout-puissant qui peut se livrer à son hubris, l'excès étant une valeur en soi, est encore une croyance qui imprègne l'imaginaire.

Une fois abandonnées spécificités masculine ou féminine, supériorité de l'un sur l'autre, vous n'en avez pas fini. Abandonnez l'image d'un féminisme global, d'un mouvement homogène qui revendiquerait les mêmes droits et prérogatives. Il y a autant de féminismes que de groupes sociaux et c'est même la pluralité qui en fait le dynamisme.

Abandonnez aussi l'idée que nous n'agissons qu'en fonction de nos appartenances ou de nos origines. S'il y a bien les aléas de la naissance, nous portons en nous des convictions qui n'en dépendent pas, pas plus que de l'opinion publique, elles sont à cultiver précieusement dans cet espace du neutre que vous vous êtes alloué. Vous les cultivez comme en agroécologie, en permaculture, soucieux de leur diversité : semez, plantez selon les espèces qui coopèrent entre elles, sachant que la nature ne privilégie pas la domination d'une espèce mais la collaboration (on ne domestique plus, on associe). Il nous faut repenser nos idées comme nous repensons le jardin, les herbes folles y sont aussi utiles que les espèces qu'on honorait jadis. Le jardin n'admet plus les tribus fermées qui n'interagissent pas avec les voisines. Et même si contrairement au jardin biologique les intérêts tribaux et personnels envahissent le net et la planète, il faut maintenir l'intangibilité des droits pour tous. Susan Neiman rappelle qu'en 1948, juste après la guerre, cinquante-huit pays ont pu articuler une Déclaration universelle, parvenant à statuer au-delà de soi. Elle ajoute que le mépris dans lequel certains tiennent le concept d'universel est pernicieux, et faux quand il s'agit de brandir que c'est un concept de l'Occident. Faire humanité, *ubuntu* en langue bantoue, que Mandela avait repris pour promouvoir la réconciliation à la fin de l'apartheid en Afrique du Sud.

Abriter

L'espace à soi est un abri et un lieu de résistance où on pense, s'exprime, critique, louange, où on prend parti. Pour Arundhati Roy, la littérature apporte cet abri : « C'est une cabane fragile et pourtant indestructible. Quand elle est détruite nous la rebâtissons. Car nous avons besoin de refuge. J'aime beaucoup l'idée qu'on ait besoin de la littérature. De la littérature qui offre un abri » (*Azadi*).

Pour habiter cet abri il faut d'abord y passer le balai : se débarrasser du quotidien, du numérique colonisateur, de toutes les pressions accumulées. Parfois le coup de balai s'appelle lire de la fiction : par son effet de dépaysement et d'identification, lire vous libère des tensions et vous entraîne vers d'autres manières de vivre. Pour d'autres lire des essais ou des documents qui structurent la pensée aide à libérer les moyens d'expression qu'on cherchait. Pour d'autres encore ou les mêmes, la marche, le sport, l'écoute musicale, la pratique méditative, la flânerie créent le sas propre pour pénétrer dans cet espace à soi.

Ce qu'il faut atteindre c'est le territoire du rêve où l'on poursuit des entités-projets, fuligineux ou profilés, à dimension individuelle ou collective, à court ou à long terme, minuscules ou grandioses.

Accéder à ce territoire demande à s'être délestée de tout ce qui alourdit, à s'estimer assez pour le revendiquer, à s'autoproclamer digne d'en porter le projet. La réalité ne tient que grâce à l'ombre qu'elle projette, au rêve qui la charpente, à la foi qu'on y met et à sa mythologie personnelle. Ce rêve on ne peut qu'élaborer seule son jaillissement, puis en mûrir le désir, en partager ensuite les grandes lignes avec celles et ceux à même de s'y reconnaître.

Cet espace du rêve je l'ai partagé en particulier avec Fatema Mernissi (Prix Prince des Asturies avec Susan Sontag, 2003). Nous n'avions apparemment rien en commun, elle était marocaine, spécialiste de la condition des femmes dans le monde arabe, je devins son éditrice sur un désaccord éditorial qui aurait pu nous éloigner et qui nous a rapprochées, après en avoir discuté et disputé longuement. Elle est devenue ensuite une de mes plus grandes amies. Notre amitié reposait sur l'espace du rêve. Chacune reconnaissait celui de l'autre, chacune savait que c'est à partir de lui que nous vivions et agissions, et je savais quant à moi que sa force et son succès, elle les devait à ce qu'elle avait su y faire prospérer.

Fatema n'avait aucune raison de devenir cette égérie du féminisme arabe, intellectuelle et pragmatique, au cheminement international mais revendiquant de vivre, de créer et d'enseigner dans son pays malgré tous les obstacles. Elle qui venait d'une famille patricienne de Fès où les femmes étaient analphabètes et à deux générations de là vendues avec leur coffret à bijoux sur la place du marché. Elle était fière de ses ancêtres, sachant qu'être illettrée ne signifie pas être sans sagesse, sans culture et sans intelligence (au contraire on observe, on écoute, on apprend). Appartenant à la première génération de filles à aller à l'école nationaliste, au lycée, à l'université, elle a été une pionnière dans de nombreux domaines, maîtrisant les langues, les outils informatiques, n'opposant jamais modernité et tradition, imposant son interprétation personnelle des sujets tabous de l'islam, encourageant le dialogue, la libre circulation des idées, l'action sur le terrain, et offrant à ses lectrices l'image d'une femme libre dans un contexte plus que contraint.

Ce courage, sa persévérance et son ouverture, elle disait les devoir à son espace du rêve qu'elle nourrissait autant qu'elle s'en inspirait. Espace sans frontières ni dogmes, rêve d'une démocratie cosmique, d'un islam soufi qu'elle puisait au souvenir des femmes cloîtrées dans la médina et qui s'étaient inventé des envols nocturnes dans la nuit étoilée du haut des étroites terrasses. Ce qui l'avait marquée dans son enfance chez ses parentes c'était ce désir plus fort que tout, plus fort que la plainte, s'envoler, partir. *Du rêve et du désir faisons réalité* aurait pu être son mot d'ordre, le sésame de son action et de son engagement. Nos longues conversations débouchaient toujours sur cette part de rêve et comment la maintenir vivante.

« Le moyen de croire à un futur, c'est de le créer nous-mêmes », déclarait Luce Irigaray, paraphrasant Abraham Lincoln. Le même credo que Mernissi, qui fut aussi une des premières à se mettre en scène dans ses ouvrages (défiant ainsi la forme du savoir académique, elle restait suspecte pour ses représentants), à mêler les langues comme bon lui semblait pour être au plus près de son auditoire.

De la chambre à soi qui lui était si précieuse (littéralement, elle prônait la chambre-bureau et travaillait dans son lit), elle avait créé un ample réseau de relations diverses, présentes et passées, dialoguant avec Ibn Khaldoun, Rumi, Beauvoir ou Faulkner, sans se préoccuper de leur incompatibilité apparente, faisant son miel d'eux tous avec humour et gourmandise.

Si je me suis si longuement étendue sur cette amie prodigieuse (*l'amica geniale* du titre italien d'Elena Ferrante) c'est à la fois pour lui rendre hommage, procéder à un exercice d'admiration (le besoin d'admirer est essentiel) et donner un modèle. Ferrante dit du reste, dans *Entre les marges. Conversations sur le plaisir de lire et d'écrire*, combien il est essentiel d'admirer « l'autre nécessaire » (« l'autre dans son irremplaçabilité fragile et injugeable de son existence », dit Adriana Cavarero, philosophe italienne citée par Ferrante) et combien écrire c'est

« tenter sa chance ». (« L'acte d'écrire c'est tenter sa chance », Virginia Woolf, *Journal d'un écrivain.*)

Abriter le rêve pour bricoler sa maison, en faire une œuvre d'art, c'est ce que fait Sophie Calle depuis des décennies. Déterminée à ne pas se soumettre à ce qu'on nomme le réel, à réinventer la toute-puissance de l'enfance, à ne jamais y renoncer en instituant ses rites à elle, son temps intérieur. Le rituel est au cœur de son œuvre, il agglomère, agence ce qui est épars pour faire surgir un sens ni théorisé ni défini mais montré. Elle montre (et non démontre) que chacun peut déployer ses ailes à partir de sa propre légende. Elle traverse le temps avec cette même foi en elle d'être reliée à sa dimension d'enfant, de jouer de ses brisures et de ses émerveillements, de l'entretenir de toutes les rencontres, aléas et drames que recèle une vie à s'inventer un chemin à soi. Ne pas tergiverser.

Nous n'avons pas toutes et tous, loin de là, cette capacité à faire de soi son propre héros imaginaire. On peut le prendre dans la mythologie, dans la littérature et le théâtre, comme nous y incite Jennifer Tamas : reconsidérer les grandes héroïnes antiques, Antigone, Andromaque, Bérénice, au-delà du point de vue masculin et voir dans leur refus non pas une culture de la soumission et de la réaction mais une culture de la contestation.

Starhawk dans les années 80, aux USA, a fondé un mouvement néo-païen où les figures de la déesse et de la sorcière sont omniprésentes (*We do not believe in the Goddess, we connect with her*). Phare de ce qui deviendra l'écoféminisme, elle insiste dans *Rêver l'obscur* sur le fait d'accéder à un espace où « les histoires de dualité que nous raconte notre culture ne nous vouent plus à répéter les mêmes vieux scénarios », où le pouvoir est basé sur un principe très différent du « pouvoir sur » de la domination. Où l'on peut s'adonner à la « narration spéculative » (*speculative fabulation*) telle que la décrit Donna Haraway, zoologue et philosophe, dans *Vivre avec le trouble* : le réel se transforme selon ce qu'on raconte. Isabelle Stengers commente ainsi sa démarche : « Dis-moi comment tu racontes et je te dirai à la construction de quoi tu participes. »

Annie Le Brun quant à elle propose un contre-espace ni objectif ni subjectif où respirer autrement, qu'elle apparente à celui de l'enfant décrit par Winnicott et où il peut se développer, déployer son aura comme sa part d'ombre.

Si abriter son rêve et son imaginaire est une victoire sur le temps du réel, on peut aussi abriter ce qui est inconsolable et inconsolé, on n'en fait pas le deuil, on n'en fait pas résilience, on n'essaie pas de pallier la douleur. On a bâti cet espace comme un labyrinthe pour y déposer aussi bien les peines, les tourments que les bonheurs et les joies d'un instant. Un abri contre l'oubli et un oubli du monde, ce double mouvement n'est pas contradictoire dans l'espace que vous vous êtes créé et qui ne connaît pas les opposés. Abriter aussi un sentiment de justice qui réfléchit au-delà de soi, qui n'aboutit ni à se faire justice (esprit de vengeance) ni forcément à demander justice*. Un sentiment qui entretient avec la notion d'éthique des liens mouvementés, notre moi tout-puissant voulant être honoré. Abriter la réflexion éthique comme un tout petit levain pour accepter que l'on ne soit pas toujours aussi bien qu'on le voudrait. « Être humain consiste essentiellement à ne pas rechercher la perfection », Orwell, *Réflexions sur Gandhi.*

---

* Dans un reportage de juin 1976 sur le viol d'une jeune étudiante, Liliane, j'ai été frappée de voir que les auteurs étaient des hommes jeunes qui s'interrogeaient sur leur propre violence en questionnant la victime. Celle-ci racontait la procédure qui avait duré six ans et l'avait atterrée, non seulement on lui signifiait qu'elle avait pris un risque en faisant de l'auto-stop mais on lui demandait de prouver qu'il y avait viol. Et pourtant, face à la caméra elle insistait : elle ne voulait ni dédommagement ni peine pour son violeur. « Je voulais que le viol soit reconnu », répétait-elle (LCP-INA).

Retraiter

Il y a à chaque instant tant d'événements, de faits, de pensées à retraiter, que je m'en tiendrai au seul domaine du genre dans tout ce qui est à vif, de l'information factuelle à l'expérience personnelle, et qui nous suit dans notre espace personnel. Ce mot dévoyé par les administrations qui nous invitent à consulter via internet le dossier bien impersonnel de nos rapports avec elles. Qu'on nomme espace personnel un dossier pour nos données chiffrées est assez inquiétant, comme tant de mots galvaudés, récupérés, qui ont perdu à jamais leur âme. Donc plus d'espace personnel, appelons-le alors espace intérieur, espace du dedans, espace des possibles, de la pensée vagabonde qui au contraire de tout dossier ouvre sur le grand vent. Les mots libèrent ou emprisonnent, les mensonges et les silences aussi, sur la place des femmes dans la société. Bien que les historiennes et les historiens s'appliquent depuis quelques décennies à briser le mur de silence autour des femmes, l'opinion peine à changer. En particulier pour le XIXe siècle pourtant si étudié, la femme y est vue uniquement au foyer, bridée par le Code civil, mineure à tout jamais – ce qui est en partie vrai mais ne reflète pas le statut des femmes du peuple et des contestataires. Dominique Godineau dans *Citoyennes tricoteuses* rappelle le rôle des Parisiennes pendant la Révolution, elles suivaient les débats, participaient, manifestaient, résistaient parfois violemment. Suivirent les saint-simoniennes dans les années 1830, les meneuses sur les barricades de 1848, celles de la Commune, les suffragettes et les journalistes (Marie Deraismes, Hubertine Auclert, Louise Weiss entre autres pour demander le droit de vote). Il n'y a pas que l'Ange du foyer, la femme de la classe moyenne que détestait tant Virginia Woolf, une représentation qui a hanté jusqu'au milieu du XXe siècle les pays occidentaux de son halo d'asservissement heureux.

L'esclavage servile historique n'a plus la cote, mais on passe volontiers sous silence des esclavages contemporains qui laissent mal à l'aise – quand l'origine ethnique et confessionnelle y joue un rôle prépondérant. Laure Daussy dans son enquête à Creil, *La Réputation. Enquête sur la fabrique des filles faciles,* montre comment la discrimination, la rumeur et la violence font loi sans que quiconque n'intervienne. Pour ne pas être stigmatisées les filles de Creil adoptent les critères de la domination, elles ne vont pas dans les cafés sauf en terrasse, ne se promènent pas avec des garçons, font constamment attention à comment s'habiller, ont peur d'être suivies et plus que tout d'être insultées sur les réseaux sociaux. Creil, épicentre des premiers débats sur le voile, l'affaire du foulard en 1989, du féminicide de Shaïna par son petit ami en 2019, n'est cité que comme ville emblématique où cent nationalités cohabitent, souvent dans la précarité, et où la domination masculine est à son zénith. Dans les banlieues des grandes ou petites villes le même phénomène s'observe, on n'y parle que des jeunes, du statut des jeunes, comprenez : des garçons. Les filles ne sont pas un sujet sinon en cas de drame et de féminicide et pour le réduire à la famille (père, mari, frère). Lors des émeutes de juillet 2023 tous les commentateurs (sociologues, politiques, journalistes spécialisés) ont repris l'antienne des lieux déshérités où les jeunes (c'est-à-dire les garçons) ne savaient comment s'occuper. Jamais n'a été abordé le genre, jamais on n'a mentionné les filles (qui y vivent en difficulté), pire, chacun était bien conscient de ne parler que des garçons. Ce n'est ni la première ni la dernière fois qu'on invisibilise la moitié des jeunes, qu'on ne questionne pas les raisons qui font des filles des invisibles. Elles ne redeviennent présentes qu'en cas de violences à leur égard et en tant que victimes patentées. Avec cette fameuse « réputation des filles », loi dans la loi, les ados garçons sont devenus les garants du licite et de l'illicite et de la bonne conduite des filles. Le cyberharcèlement et le « revenge porn » y ont droit de cité. Ce qui équivaut à une double peine pour les filles et une double morale pour les garçons, comme l'indique le titre de Florence Montreynaud, *Les femmes sont des salopes, les hommes sont des Don Juan. Sexisme, double morale sexuelle et éléments de langage* (2023).

L'épineux sujet de ne pas stigmatiser les hommes pour leurs origines ou leur choix religieux, de taire toute référence en ce sens qui pourrait être politiquement manipulée me semble contestable quand on sait combien les femmes font les frais de la violence. Dénoncer ce que la domination masculine inflige dans les lieux les plus fragiles, ne pas se détourner face à une discrimination intolérable et oubliée (encore une fois hors drame du quotidien) c'est aussi retraiter ce qu'on a pu accepter et qui n'est plus acceptable. C'est revenir au sens des mots sans se rengorger de leur sens positif.

Le consentement qui fait l'objet de tant de débats n'est pas la panacée pour juger s'il y a viol. C'est faire le procès de la victime qui doit se défendre, prouver qu'elle n'était pas consentante justement, se justifier. L'accusé lui n'a plus à se défendre, la preuve juridique est demandée à la victime, dénonce Catharine MacKinnon, grande avocate américaine (*Le Viol redéfini*)*.

---

* Dans le reportage sur Liliane, cette dernière rapporte que lors du procès on lui a demandé « comment avez-vous enlevé votre culotte ? », insinuant qu'elle était consentante. C'était il y a cinquante ans mais comme le dit Georges Vigarello, le viol continue d'être analysé à partir de la victime et non de l'agresseur.

Dans le viol c'est le pouvoir et l'égalité qui sont en jeu, pas le consentement, qui est une notion manipulable à l'excès. Son ambiguïté réside dans le fait qu'on veut l'enfermer dans les clauses d'un contrat alors que le consentement a affaire avec les sentiments, l'obscur du désir et la liberté de ne pas savoir ce qu'on désire. Dans *La Doctrine du consentement* Clara Serra analyse avec pertinence tout ce qu'induit le terme. Consentir revient toujours à céder au pouvoir (les hommes demandent / les femmes répondent). C'est aussi accorder à ce verbe et au langage une toute-puissance qu'ils n'ont pas (il suffirait de dire non pour que tout s'arrête). C'est encore croire qu'il existe un sujet totalement autonome (la femme en état de dire oui ou non) qui préexisterait à la situation qu'elle vit, c'est illusoire et c'est oublier que le désir est multiforme, évanescent, opaque, dépendant, et qu'il est toujours un risque.

Il a toujours existé une peur irraisonnée de l'égalité qui entraînerait chaos et désolation. La femme exclue du domaine public, soumise au mari par le Code civil, la femme qui travaille tout en reconnaissant son inégalité de fait ont figé les normes et les imaginaires jusqu'à très récemment. Je me souviens d'avoir travaillé jeune pour le propriétaire d'un château où se pratiquaient des mœurs féodales. On était à au milieu des années 70 mais le droit de cuissage régnait encore, exercé par le régisseur du domaine. Quand j'avais expliqué aux secrétaires et autres employées qu'existaient syndicat et loi, qu'elles ne seraient pas virées si elles ne se soumettaient pas, elles n'en revenaient pas et ont décidé de refuser ce qu'on leur demandait. Grève du sexe, colère du chef, éclats de rire et au final des filles bien décidées à ne plus se faire avoir. Ce que je veux dire c'est que le passage à l'égalité et l'effondrement de l'ancien régime ne se font pas en un seul jour et modifient progressivement le paysage mental de l'opprimée.

Remettre en cause le savoir est essentiel, tant on oppose le savoir-connaissance au savoir-expérience aux dépens des femmes. Patricia Hill Collins (*La Pensée féministe noire*) l'exprime bien pour les femmes noires américaines, qui souvent n'ayant pas fait d'études voient leur savoir disqualifié. Ce savoir n'est pas conceptuel mais composé de savoirs alternatifs occultés par les Blancs, cristallisant un ethos propre à la société civile noire (organisation communautaire, sens de la justice, mémoire des discriminations). Leurs deux types d'emplois historiques, le travail agricole et le travail domestique, les ayant placées dans l'intimité des Blancs, les femmes noires en ont tiré un enseignement critique, une double conscience de résistance (en tant que Noires et en tant que femmes) qui les éloigne des femmes blanches et de leur féminisme.

J'ai bien conscience qu'à l'heure actuelle tout savoir, quel qu'il soit, est délégitimé par rapport à l'opinion qui fait son lit des réseaux sociaux et que le seul argument de connaissance qui puisse contrer l'opinion n'est plus l'argumentation ou le recours aux référents historiques et culturels ; la seule réfutation possible, audible par tous c'est le chiffre. Si l'on prouve par des pourcentages ou des statistiques le taux d'inégalité pour les femmes, on y croit. Dire que pour plus de 70 % des garçons de 18 à 24 ans de culture musulmane une femme doit rester vierge jusqu'à son mariage, c'est permis. Discourir sur l'ignorance, les stéréotypes, le repli identitaire de certains hommes sur une tradition qu'ils connaissent mal et via des interprétations fondamentalistes, et l'on vous accuse de racisme. D'où l'importance majeure pour les femmes de se réapproprier le savoir propre à chaque culture, de s'assurer une lecture fiable et informée de l'histoire sur le temps long, de ne pas abandonner l'interprétation à ceux qui ont intérêt à la figer dans une atemporalité où le sexisme reste la règle. (En 1991 un programme initié par Fatema Mernissi avec WIDER – université des Nations unies – nous avait amenés à Helsinki pour mettre au point trois ouvrages, *Femme et loi*, en Algérie, en Tunisie, au

Maroc, et permettre aux femmes de ces pays de connaître leurs droits – qui valaient tout de même mieux que la charia ou la coutume.)

L'autre écueil à retraiter : le présupposé d'appropriation culturelle, qui perturbe toute pensée, ce présupposé estimant que ne peut s'exprimer sur un sujet que celui qui le vit, en dépend, le subit, et que celle qui en est victime. Black is black*, white is white, muslim, jew, woman, man : on peut décliner toutes les identités qu'on veut tant qu'on en fait partie, on peut creuser son trou identitaire et s'y barricader en interdisant à quiconque d'étranger d'y pénétrer. Les critiques de Gayatri Spivak à propos des intellectuels (Foucault par exemple) qui soutenaient les droits de « subalterns », en tant que tiers lettré, s'emparant en chemin d'une parole qu'ils déformaient en s'appropriant leur combat, sont fondées, il n'en reste pas moins que ces universitaires ont fait avancer leur cause avant que lesdits *subalterns* reprennent la main. On ne peut pas ostraciser celles et ceux qui, sans être victimes, contribuent à dénoncer les discriminations, ce serait s'enfermer dans une pensée binaire qui oppose au

* On a oublié que le Black Panther Party dans les années 60 accueillait des Blancs, son staff juridique était blanc, son photographe attitré, Stephen Shames, aussi.

lieu de réunir. Je pense à Laird Hunt dont le roman *Zorrie* prend pour personnage principal sa grand-mère qui, après avoir enseigné le latin, a tenu seule une exploitation agricole dans l'Indiana. À chaque nouvelle rencontre avec le public Hunt devait répéter qu'il ne parlait ni pour ni à la place des femmes. « L'idée qu'on ne devrait pas écrire sur des personnes différentes de soi est désormais si ancrée dans le domaine de l'art aux États-Unis qu'elle écrase tout sur son passage », déclarait-il en 2024.

À moins qu'on soit décidé à mettre le mot fin à la culture et à la littérature, qu'on veuille s'enfermer dans des mondes homogènes où tout métissage, toute hybridation sont interdits, il faut bannir cette idée de légitimité pour s'exprimer.

Au contraire il faut repenser les mythes et les fantasmes qui traversent notre patrimoine culturel, les considérer d'un autre point de vue que masculin. Ainsi du fantasme masculin qui a colonisé l'imaginaire des femmes : la jeune femme séquestrée, éprise de son ravisseur. Comment ce qu'on a appelé le syndrome de Stockholm, qui s'attachait à une prise d'otages et relevait d'un trouble psychique, est devenu l'emblème d'un comportement sexuel essentiellement féminin : la jouissance d'être dominée, qui depuis *Cinquante nuances de gris* fait la fortune d'un genre de littérature populaire, la romance.

Pourtant, écrit Jennifer Tamas dans *Au NON des femmes. Libérer nos classiques du regard masculin*, le pouvoir des femmes de dire non a toujours existé même s'il a été oblitéré. Prenez *La Belle et la Bête* dans sa première version, celle de Mme de Villeneuve : chaque soir la Bête demande à la Belle si elle veut coucher avec lui et la Belle répond non sans que la Bête l'y force. Le mythe de la victime consentante a été forgé par les hommes pour justifier leurs actes et maquiller leur viol, dit encore Tamas, en rappelant que la victime (*victima*) signifiait à l'origine l'animal destiné au sacrifice.

Quand elle dit non la femme est incomprise et traitée de frigide. Le non de la princesse de Clèves, qui résiste à son propre désir et à la passion du duc de Nemours, la sachant éphémère, pour vivre une retraite où sublimer son amour, a souvent été moqué.

Réfléchir au contenu des œuvres littéraires, en faire la critique est une activité sereine et indispensable à quoi s'adonner dans cet espace à soi qu'on s'est accordé. Contester la culture n'est pas la supprimer. Une culture de la contestation n'est pas une « cancel culture », qui le plus souvent ignore ce qu'elle veut censurer et ne répond qu'à des critères idéologiques.

J'ai toujours été embarrassée par l'expression « culture du viol » pour dénoncer les prédations sexuelles et l'inertie des pouvoirs publics face à leur répétition. Qu'on appelle culture ce qui n'est que le comportement ancestral du dominant sans impunité aucune m'apparaît choquant – tant la culture demande réflexion, soin, effort, attention, tout le contraire de l'attitude prédatrice.

La confusion sémantique entre culture et habitus d'une part et celle entretenue autour du mot générique de viol me gênent d'autant qu'il s'y joue tant d'interprétations et de souffrance muette. La confusion autour de ce qui est atteinte à la personne, traumatisme ressenti comme tel quel qu'en soit le degré, n'invite pas aux définitions clivantes. Pourtant qu'il s'agisse d'un attouchement ou d'un viol qualifié, d'un acte perpétré au quotidien ou d'un acte unique, il y a plus que des nuances que l'on ne peut pas résorber ni passer sous silence quand, dans son espace à soi et non en débat public, on s'y confronte.

« Que la honte change de camp », lisait-on sur les banderoles des manifestantes lors du procès de Mazan à l'automne 2024. L'admiration pour Gisèle Pélicot de victime muée en héroïne a été partagée de par le monde. Qu'elle ait eu le courage de rendre public ce qui était caché dans les plis du foyer a stupéfié. Qu'ainsi elle ait rendu possible de découvrir les violeurs ordinaires (dont on contestait l'existence jusque-là) et leur défense sordide (la femme comme propriété du mari), au fil des jours s'enferrant dans leur lâcheté, a été un choc puissant (de ces chocs qui font davantage avancer que des années de combat).

Gisèle Pélicot est ainsi devenue la femme courage, parce que anonyme modeste, sans qualités, devenue une égérie pour ne pas s'être tue. Comme toutes et tous j'ai été bouleversée par sa manière apaisée d'affronter le scandale, de supporter la bassesse, de révéler son drame. Une force digne et tranquille, pas une femme à terre, pas la figure de la douleur telle qu'on l'a toujours représentée face à l'ignominie des hommes. C'est pourquoi elle est devenue un symbole, une version nouvelle de la femme qui résiste, qui s'oppose, qui s'impose à la loi. On ne conteste pas les mythes et loin de moi de vouloir en ébrécher la valeur, la majesté, la grandeur. Ce qui m'interroge pourtant c'est la manière dont ce mythe a pris corps : Gisèle Pélicot, épouse et grand-mère ordinaire, ni militante ni intellectuelle, est devenue la victime d'une histoire sans précédents ni en France ni ailleurs, qui est exemplaire d'un moment historique, celui où les réseaux pornographiques, les vidéos sexuelles à disposition de tous, l'instrumentalisation des corps et le voyeurisme tout-puissant ont atteint une dimension planétaire, à quoi s'adonnent les trois quarts de l'humanité, jouissant par procuration de l'aliénation d'autrui. Dans un monde inféodé aux images les plus violentes, une femme se tient la tête haute, refuse le huis clos, se voit être la proie d'un mari et d'hommes qui font de son corps endormi ce qu'ils veulent. Elle recueille l'adhésion de tous, un déchaînement unanime de réactions consternées, et rachète en un sens la part obscure de tous ceux qui se sont compromis un jour dans la lecture de vidéos inqualifiables sur un plan éthique. Comme si par leur réaction ils se dédouanaient de leur double jeu, comme si la part angélique gagnait sur la diabolique. On évoque généralement le Dr Jekyll et Mr Hyde des violeurs, on pourrait l'appliquer à tout spectateur de ce procès hors normes. Le procès de Mazan n'est pas que la victoire du féminisme sur la domination masculine, c'est aussi le procès de toute une société malade qui vit par simulacres ses fantasmes de possession.

Ce courage de Gisèle Pélicot face à l'appareil judiciaire et à un public friand de scandales, si j'en mesure l'immensité et une forme d'inconscience, j'en perçois une autre approche que celle rapportée jour après jour par les journalistes sur le terrain. Gisèle Pélicot était sous sédatifs quand elle était livrée en pâture, elle n'a eu aucune conscience de ce qu'on lui a infligé, il lui fallait absolument se réapproprier ce corps maltraité, elle avait nécessité à voir son viol en différé et à le partager avec tous pour y donner réalité. Là est son expérience du viol, une expérience en différé exténuante et atroce certes mais qui est très différente de celles qu'ont les femmes qui ont subi viol et violence en direct, qui en ont la mémoire chevillée au corps, qui doivent vivre avec ce souvenir de la violence et d'avoir été à tout jamais une proie. Je parle là pour toutes celles, comme moi, qui n'ont pas subi des attouchements ou des gestes déplacés mais la violence extrême d'un étranger prêt à tuer s'il n'a pas son dû. Je parle d'une violence invisibilisée, secrète, anonyme, qui ne demande pas justice, qui n'est pas prise en compte par les médias, qui est au-delà de toute polémique, de toute hiérarchie de la souffrance. Une des seules à ma connaissance qui ait su en parler c'est Virginie Despentes dans *King Kong théorie*, « c'est la possibilité de la mort, la proximité de la mort, la soumission à la haine déshumanisée des autres, qui rend cette nuit indélébile. »

Penser/réinventer

Les Anglo-Saxons ont le verbe *reclaim* pour exprimer ce que je cherche à définir : *to reclaim* c'est réhabiliter, se réapproprier et se trouver modifié par cette réappropriation. Voilà ce que l'on peut entreprendre dans ce territoire à soi, loin du bruit du monde, des rumeurs, des accusations et autres parasites de la pensée. Plus on essaie de définir ce qui fonde notre présence au monde, les qualités qu'il nous faudrait développer pour l'améliorer, plus on s'efforce de penser contre soi et les stéréotypes intériorisés, plus on est en mesure de lutter contre les comportements sexistes et de se libérer de toute tutelle genrée. J'avais publié en 2009 un *Petit traité contre le sexisme ordinaire* de Brigitte Grésy, experte de l'égalité professionnelle. Elle y montrait que le sexisme ordinaire est le terreau du quotidien, là où on disqualifie les femmes l'air de rien. Quand on vous coupe la parole ou on vous complimente sur votre nouvelle coiffure alors que vous êtes en pleine discussion professionnelle, quand on vous lance une blague ou une œillade sans autre commentaire, et vous ne savez pas comment répondre, face à ces assauts insidieux, ambivalents, entre humour et bienveillance, disent-ils. (Brigitte Grésy déclarait en juin 2023 que huit femmes sur dix subissent encore des attitudes sexistes au travail.) Il y a quinze ans son analyse était ressentie comme une nouveauté par les femmes autour de moi, qui y découvraient ce qu'elles ne savaient pas exprimer sans être taxées de coincées. Depuis c'est chose admise, le sexisme ordinaire est au cœur des one-woman-show, les comiques se prennent pour cible et restituent leurs détresses passées et parfois leur intimité dévastée. Elles reviennent sur la vision du couple, socle de la vie sociale, quête ultime à quoi chacune devrait aspirer, de façon aussi impitoyable que désopilante. Demeure pourtant jusque dans les cours d'école le seul modèle pour être populaire, être en couple.

Certaines auteures féministes font du reste de la conjugalité la pièce maîtresse à réinventer.

Réinventer l'amour, dit Mona Chollet. Redéfinir les désirs sans que votre regard soit aliéné par ce qu'on attend de vous, dit Alice Raynaud, réinvestir les relations amicales, préconisait Shere Hite. Elle qui avait réalisé son *Rapport Hite sur la sexualité* à 26 ans et sans aucun moyen, qui militait pour une sexualité libérée et qui avait dû fuir New York pour l'Europe, harcelée jusque chez elle par des conservateurs forcenés. Dans *Rivales ou amies. Le nouveau rapport Hite sur les femmes d'aujourd'hui* (1999), elle prédisait que les femmes de plus de 50 ans dans un proche avenir préféreraient vivre entre elles qu'avec des hommes qui soit continuaient à exercer leur supériorité soit se laissaient aller plus ils vieillissaient. Elle me disait à l'époque, juste avant de repartir pour Londres où elle organisait une exposition sur le vagin (terme alors encore tabou), que les relations entre femmes leur apporteraient, quel que soit leur âge, davantage d'émancipation, de créativité, d'estime de soi que la relation de couple qui s'appuie sur une culture de la domination et du sacrifice de soi.

Luce Irigaray, précurseure en la matière, écrivait dans *Ce sexe qui n'en est* pas *un* (1977) que « la sexualité féminine a toujours été pensée à partir de paramètres masculins », et dans *Speculum. De l'autre femme* (1974), que « le féminin est toujours décrit comme défaut, atrophie, revers du seul sexe qui monopolise la valeur : le sexe masculin ». Dans les déclinaisons actuelles des possibilités de s'inventer, les jeunes, et surtout les femmes, accueillent des catégories nouvelles, les aromantiques (qui ne connaissent pas d'attirance sentimentale), les asexuels (qui ne connaissent pas d'attirance sexuelle). Après l'homosexualité, la transition, la famille choisie, le célibat assumé, certaines évoquent le mariage avec soi-même. Ovidie affirme que quand on est libérée du désir de plaire aux hommes on se libère de tout.

Repenser les relations affectives, le rapport à la sexualité, c'est avant tout changer d'imaginaire, se délivrer du 2 qui a le 1 pour référent, prendre de la distance critique vis-à-vis de tout ce qui est régi par le 1, philosophie, droit, histoire, tout ce qui se perpétue, sans remise en compte notoire de la hiérarchie et de la binarité qu'elle induit.

En particulier en ce qui concerne « les âges de la vie » dont on vous explique qu'il faut en habiter chaque étape en délaissant la précédente. L'enfance, la jeunesse, la maturité, la vieillesse, à chaque étape est traditionnellement associé un stéréotype, plus contraignant pour les femmes, auquel se conformer, et plus on avance en âge plus il faudrait renoncer pour pleinement l'habiter.

Inventer des rituels pour désamorcer les stéréotypes, dont l'un des plus puissants est d'être épinglée au mur des représentations (lamentations) par l'âge, l'horloge, le temps, le symbole même de la défaite. Il ne faut pas hésiter, la résistance est dans le rituel, comme ceux qui accompagnent les enfants pour survivre à leur entrée dans le monde des grands. Jouez aux « comme si » des contes, mythes, récits de la culture populaire en y incorporant ce qui est bon pour vous et n'appartient pas forcément à la morale sexiste qu'ils induisent. Pensez au *Petit Chaperon rouge* qui dans sa version orale est le récit d'une transmission (mère, fillette, grand-mère) et non celui de la peur du loup et du sexe que Perrault et les frères Grimm ont ajoutée.

L'invention de soi a à affronter deux difficultés : le suivisme universel, ce que René Girard a appelé la démarche mimétique, qui veut qu'on désire ce que l'autre possède, et les lois de la vie en société qui obligent à vivre sous le regard d'autrui, s'insurgent de toute initiative individuelle et n'ont de cesse de ramener la brebis égarée au milieu du troupeau.

John Cowper Powys (1872-1963), que j'ai beaucoup lu surtout en périodes de mélancolie, fervent adepte de la mythologie personnelle, prônait qu'il ne fallait jamais abdiquer sur ses goûts propres : « La différence entre les artistes et les gens ordinaires réside dans le fait que les premiers ne grandissent jamais, ne se laissent jamais broyer par la réalité objective et conservent leurs rêves, leurs illusions et leurs fantaisies personnelles jusqu'à la fin » (*L'Art de résister au malheur*). Faisant l'éloge de l'enfance, du monde des sens, de l'art de l'oubli, de la fugacité des instants de bonheur, il insistait sur le soin à donner aux détails dans les rituels de l'expérience personnelle. Les détails font la force du récit, de même que les paradoxes. N'ayez crainte des paradoxes, de ces moments d'illumination qui en surgissent, qui entaillent la logique, instillent de l'obscur, enracinent votre pensée dans le terreau fertile de l'imagination. Usez des « il y a », expression de l'anonyme, de l'absence du sujet contraignant. Pour Emmanuel Lévinas le « il y a » excède l'horizon de ma perception, s'ouvre hors de celle-ci sur l'Autre et sur le chant du monde. Racontez-vous une histoire, n'attendez pas que quelqu'un d'autre la raconte pour vous. De même pour la vieillesse, n'attendez pas qu'on vous y enferme.

La vieillesse inspire à tous la crainte, aux jeunes car le modèle qu'on en donne est pitoyable, aux vieux car la Pythie les y a condamnés. Dans la plupart des biographies des femmes illustres (des courtisanes aux stars) la vie s'arrête à quarante ou cinquante ans, autrefois au couvent, désormais dans l'abîme de l'oubli, le rien, le vide. Nous ne voyons que déclin physique et cognitif, inutilité sociale là où les sociétés traditionnelles lisaient expérience, sagesse et respect dû aux ancêtres. La perte de la beauté et de la séduction sanctionne les femmes d'un certain âge, génère chez les plus jeunes une peur extrême des premiers signes du déclin. Tous ces clichés sont pourtant un déni de la réalité, les femmes seniors lisent, voyagent, font du sport, des projets, déclarent souvent qu'elles n'ont jamais été aussi heureuses, mais le fantasme est le plus fort.

Penser la vieillesse ce n'est pas regarder dans le rétroviseur des stéréotypes et des peurs ancestrales qui voient les hommes se détourner de leurs contemporaines âgées – fin de la séduction équivalant à la fin de la vie sur terre si l'on s'en tient à une vision macho. Mais les femmes ne dépendent plus du regard des hommes ni de leur portemonnaie. Les vieilles sont autonomes financièrement, souvent plus véloces que leurs compagnons sur les chemins de randonnée, davantage curieuses de l'alentour, s'entretenant physiquement et intellectuellement plus qu'eux, c'est prouvé. Et pourtant le déficit d'image dans leur vieillesse creuse toujours une infériorité quasi essentialisée. À cela divers facteurs : hors celui de l'archétype de la vieille hérité du vieux fonds sexiste, il y a la confusion du terme de vieux qui comprend toute personne de soixante à cent ans (le terme de jeune lui n'embrasse qu'une quinzaine d'années). Mais le plus frappant, le plus insidieux c'est que le dénigrement qui fait de l'âge le pire des malheurs provient des femmes elles-mêmes. Ce que l'on a appelé « les âges de la vie » est une notion créée par la pensée morale dans l'optique du mariage et de la procréation. La « femme de trente ans » étant la synthèse idéale au XIXe siècle des forces de la jeunesse et de l'expérience de la vieillesse. Ensuite on basculait dans « le trop tard » et dans le renoncement, on vivait par procuration au travers des enfants et des petits-enfants. Dans le miroir, d'où naît l'effroi abyssal de son propre vieillissement, les femmes continuent à croire que cette image renvoyée par la glace est celle que le destin leur inflige. Alors que les hommes, remarque Simone de Beauvoir, ne se reconnaissent pas en objets de désir dans le miroir, les femmes y recherchent comme Narcisse leur reflet et leur double nimbé de gloire.

Les femmes se savent regardées et elles se regardent constamment, en elles il y a un observateur implacable qui sait que la beauté est la plus haute marche et il y a une observée qui est objet à sculpter afin d'atteindre la plus haute marche. Dans cette dimension schizoïde le *male gaze* n'a même plus besoin d'intervenir, elles se blessent à coup sûr.

Cette obsession de l'apparence, du faire jeune qui génère un chiffre d'affaires colossal (la *silver economy*), est une mine d'or pour la presse féminine comme pour les ouvrages féministes. Le corps des femmes y est ausculté, analysé à coups d'injonctions enjouées où l'on proclame leur liberté (mon corps m'appartient) soit en le métamorphosant soit en le glorifiant tel qu'il est. Là où le bât blesse c'est qu'insister sur ce corps, centre du monde, seul repère du bien-être, renvoie tout autre critère aux marges inimportantes (les métiers, les passions, les engagements, les responsabilités) et on enferme les femmes dans leur plus vieil héritage sexiste, la beauté et ses normes changeantes.

Acte héroïque que de vouloir changer nos représentations tant nous les avons nourries et en avons été nourries. « Rentre ton ventre, dit la mère, fais attention à ce que tu manges. » « Il faut souffrir pour être belle », dit la vieille reine à la Petite Sirène. Nous avons toutes navigué entre le corps-souffrance et le corps-fantasme, certaines ont souffert d'anorexie, de boulimie, plus encore ont suivi des régimes, des soins esthétiques, aucune en vérité n'a atteint la vieillesse sans traverser illusions et désillusions d'un corps redimensionné. Entre le « il était une fois une princesse si belle qu'on ne pouvait la regarder sans éprouver les plus vives passions », le « un jour mon prince viendra » et leur contraire, la vieillesse, quand il faut dissimuler ses traits, « réparer des ans l'irréparable outrage » (*Athalie)*, il y a un abîme temporel que comble en partie la femme devenue mère et se sacrifiant à ses enfants. Tel est le récit du destin des femmes qui perdure sans qu'on y prenne garde et nourrit le mythe sexiste.

Mais quand on franchit la fameuse dead-line en essayant de cultiver son espace à soi, sans renier toute idée de séduction (se plaire à soi et plaire aux autres) mais en privilégiant sa mythologie personnelle, reléguant les poncifs à être ceci ou cela, on sait combien transmettre une vision autre que discriminante de la « vieille » est d'utilité publique.

J'appartiens à la classe d'âge des babyboomers et de Mai 68. Une génération qui a inventé la notion de jeune, se rebellant contre les traditions dans une société qui accédait au consumérisme et allait récupérer la marque « jeune » avec grand profit. Quand on invente une notion (et son obligée, la liberté) on ne pense pas immédiatement à sa récupération, on pense à l'incarner, à la porter à son point d'incandescence. Être jeune entendait s'opposer aux vieux, à leur mode de vie, leurs préoccupations, inventer une culture nouvelle, une éternité nouvelle. Être jeune n'était pas une question d'âge mais de choix de société, on pouvait et on devait rester jeune indéfiniment.

De jeunes les babyboomers sont devenus vieux sans vraiment l'accepter – surtout les femmes qui avaient tout à gagner de cette jeunesse qui ne les assignait plus aux rôles féminins, qui leur ouvrait la possibilité de refuser. Qu'on leur renvoie une image dévalorisée quand elles ont concouru (c'est mon cas) à forger l'image d'une jeunesse éternelle par l'esprit, c'est une forme d'ironie de l'histoire : arborer le slogan « Nous sommes jeunes pour toujours » et au bout du compte être taxé de vieux… Mais qu'est-ce qu'être vieux ? Pour les femmes il n'y a qu'un modèle légitime, ancien comme le monde, rassurant, réconfortant : être grand-mère. Hors la grand-mère point de salut, point d'utilité publique. Le rôle de la grand-mère a acquis en dignité avec le taux record de divorces, familles recomposées, familles monoparentales, la grand-mère a ses heures, ses jours, ses semaines de vacances dédiés aux petits-enfants, elle est la seule vieille qui présente bien, les autres sont suspectes. Elle rassure les jeunes adultes qui font référence à sa présence, point de stabilité de leur enfance, marqueur d'un autrefois sublimé où abondaient conseils, proverbes, sollicitude et affection. J'ai été très étonnée d'entendre sur Arte une journaliste (la quarantaine) chroniquer la victoire de seniors suisses – majoritairement des femmes, mettant en cause leur État en matière climatique –, elle ajouta : elles ont laissé leur tricot et leurs jeux fléchés pour se rendre à Bruxelles. Vision de mamies d'un autre siècle qui sans doute la rassurait mais qui est une pure représentation sexiste. Image reprise par un autre quarantenaire au sujet de l'IA, comment expliquer l'IA à sa mémé ? disait-il (le pépé sans doute a-t-il plus de jugement d'après lui ?).

Loin de ces clichés qu'entretiennent les générations, les femmes ont acquis en vieillissant une maturité du regard et de l'expérience qui ne les assignent plus à la figuration simplette. Deux voix de femmes par-delà le siècle qui les sépare l'ont exprimé. Lou Andreas-Salomé dans une lettre à

Freud du 3 mai 1934 : « J'éprouve une joie véritable à me rendre compte à mesure que passent les ans du temps qu'il faut aux événements pour devenir une expérience intime. » Nancy Huston dans *Le Monde* du 14 juillet 2024 : « Les femmes vivent autrement le passage du temps et s'adaptent à ce qui se transforme (...) c'est une chance fantastique d'avoir sept décennies de réel à ma disposition. » Il n'est question ni de tricot ni de petits-enfants mais d'une pensée qui s'accommode du temps, qui en valorise la perspective et l'accomplissement, « un regard connaissant » qui accueille la finitude comme une ressource et non une limite.

Penser autrement c'est aussi lutter contre les mots galvaudés, ceux qui ont perdu leur sens à force d'être répétés ou qui ont été trivialisés. J'ai évoqué l'« espace personnel », il y a le terme « mot de passe », essentiel pour accéder à ses données, qui m'irrite étrangement tant il profane l'idée même de secret. Celui du moi intime, le « rosebud » qui nourrit les choix individuels, le sésame de sa mythologie personnelle. Il s'est réduit au code le plus trivial, perdant son halo de présence réelle. Il y a bien d'autres mots auxquels il faut veiller pour leur rendre le privilège d'une expérience authentique (résilience, deuil, risque, etc.). Ne se comptent plus les qualificatifs censés glorifier l'espèce féminine, la kyrielle de métaphores animales qui assimilent gentiment la femme à un petit animal immature à domestiquer (minou, poussin, poulette, colombe, chatte, lapin) ou de manière péjorative aux oiseaux et animaux marins (limande, crevette, pieuvre, grue, bécasse, dinde). Qu'on les considère comme affectueux ou haineux, ils relèvent d'une sorte de violence sémantique qu'il s'agit au moins de repérer. Comme celle de la syntaxe et de l'emploi du factitif dans certaines expressions, qui m'a toujours gênée et que la lecture de Jennifer Tamas éclaire : « se faire violer », dit-elle, induit une responsabilité de la victime à travers la forme pronominale du verbe « faire », et de là une suspicion sous-jacente.

L'attention aux mots et aux mots justes est une arme politique contre la discrimination : la solitude n'est pas l'isolement, le silence n'est pas le mutisme, l'aspiration diffère du désir, la puissance, du pouvoir, le vieillissement, de la vieillesse, quant à l'identité et l'identification ce sont deux instances bien séparées, le leurre à les confondre peut avoir des effets dévastateurs*.

* L'évolution historique de certains mots ne va pas forcément dans le meilleur des sens. Geneviève Fraisse fait remarquer que « le sort des femmes » au XIXe siècle renvoyait au sort des ouvriers alors que « la condition féminine » qui lui a été préférée ensuite réduit les femmes à une catégorie secondaire à tout jamais.

Au-delà de la justesse des mots, les assembler en un raisonnement structuré est la seule arme face à la langue de la peur et de la haine qui se répand sur tous les réseaux, contre son simplisme, son lexique d'insultes, d'invectives visant un ennemi imaginaire et mythifié. Plutôt que de chasser le masculin dans chaque mot qu'on emploie, exercer son attention pour traquer l'hégémonie du ressentiment. « Le dépeçage du langage précède le démontage du réel et la construction d'un monde parallèle », écrit Olivier Mannoni dans *Coulée brune*. Face au mensonge qui serait un mode de réalité comme un autre, face aux opérations les plus courantes qui consistent à mettre sur le même plan une argumentation fondée scientifiquement et une opinion personnelle, défendre un usage de la langue et de sa complexité deviendrait presque un acte héroïque.

« La recherche féministe n'est pas une discipline académique, elle est une perspective critique, un regard indiscipliné », dit la linguiste Dolores Sanchez. On ne va pas droit devant, on fait cercle ou ellipse, on avance dans les marges. Vous constatez par exemple qu'il y a une dissymétrie du nom propre, on appelle le plus souvent une femme par son prénom et un homme par son nom, puis tout en marchant vous observez les visages que vous rencontrez, la plupart des femmes sourient, les hommes presque jamais, est-ce parce que la physionomie accueillante est un trait spécifiquement féminin, vous souriez vous aussi, vous ne concluez pas.

Si vous écrivez vous savez combien le moi féminin de l'écriture est plus élaboré et plus précaire. Une femme qui écrit doit tenir compte de tout le patrimoine littéraire et d'un matrimoine beaucoup plus restreint, elle lit quel que soit le genre des auteurs, c'est une affaire de culture et d'enrichissement personnel. Elena Ferrante remarquait quant à elle que les hommes cultivés qu'elle connaissait ne lisaient ni Morante, Ginzburg, Austen, Brontë ou Woolf et le reconnaissaient sans complexe, quand elle se serait sentie diminuée de n'avoir pas lu Moravia, Pavese, Dickens ou Joyce. Le fait d'être femme oblige à une attention décuplée et à un éventail de lecture beaucoup plus large avant d'aborder le travail d'écriture et le « dire vraiment » : « Nous devons trouver des phrases vraies qui correspondent à notre état de conscience et à ce monde qui a changé », écrivait Ingeborg Bachmann.

Il est souvent question d'appropriation culturelle et du droit ou pas à emprunter des traits qui ne sont pas ceux de sa communauté, je l'illustrerai par le droit que je me donne de m'approprier une allégorie féminine qui durant trois siècles, de la Renaissance au siècle des Lumières, a été la figure du génie tourmenté de l'intellectuel défini par les hommes. La *Melencolia I* de Dürer, gravure sur cuivre de 1514, a hanté tous les penseurs et tous les artistes qui y lisaient leur quête intellectuelle, la prescience de leur génie et de leur sensibilité couplée à la raison mathématique.

La *Melencolia I* et le *Saint Jérôme dans sa cellule* sont de la même année. Erwin Panofsky (*La Vie et l'art d'Albrecht Dürer*) déclare qu'ils témoignent de deux aspirations contraires : le second exprime une vie mise au service de Dieu, la première une vie de compétition avec Dieu, l'inquiétude tragique de la création humaine.

La Mélancolie ailée est assise sur une dalle de pierre près d'un édifice inachevé dans un lieu solitaire près de la mer. Une main appuyée sur la joue, l'autre tenant un compas (j'ai longtemps cru qu'elle tenait un crayon), elle a le regard vague de qui réfléchit profondément. Pour toute compagnie, un angelot qui griffonne et un chien famélique, autour d'elle des instruments de mesure. La tête penchée, une couronne de renoncules d'eau et de cresson de fontaine (c'est l'expert Panofsky qui l'écrit) sur ses longs cheveux détachés, son humeur chagrine exprime la sensibilité mélancolique telle que la définit Marsile Ficin, c'est un état qui paralyse ou exacerbe les pensées et les émotions, que l'on retrouve chez ceux pour qui « la faculté imaginative prédomine sur la faculté cognitive ».

Cette Mélancolie aux trois attributs (imagination + raison + contemplation) m'a fascinée jeune par sa présence énigmatique, son étrange beauté, et aussi par l'attirance qu'elle a exercée sur les plus grands artistes, et encore par ce que je croyais qu'elle disait de moi. Elle disait mon futur, le parcours en serait froid, aride, solitaire, mais toute initiation pensais-je passe par des épreuves pas forcément aimables. Je la voyais entêtée, absente, déterminée, sans attitude héroïque mais montrant une constance à poursuivre son rêve qu'elle seule percevait. Je la vois aujourd'hui non plus comme la personnification féminine de la mélancolie (ou pas seulement) mais comme l'expression même de la Sphynge tapie dans son espace à elle, les symboles de la connaissance à ses pieds, cheveux épars, robe monastique, elle affûte le devenir, le sachant incertain et difficile. Elle est cette *imago mundi* dont nous avons tant besoin, gardienne et pensant le monde, ouverte aux mille interprétations que sa méditation soulève.

La domination sémantique

Oublier le temps

Dans cet espace à vous (celui qu'a sculpté la Sphynge) où vous retraitez vos émotions, vos réflexions, sans les surcharger de recommandations, oubliez le temps, ne pensez qu'à l'instant, source de joie, de plaisir ou d'intelligence, n'en forcez pas la signification. Exercices spirituels à l'antique, accessibles à chacune et à chacun, ils désenclavent du bourdonnement solipsiste (les idées qui tournent en rond et à chaque nouveau tour blessent davantage) autant que du bruit du monde. Débranchez-vous sans chercher à faire. Et surtout pas à en tirer profit. Abandonnez-vous à la gratuité d'une discipline dont vous n'attendez rien, à la fluidité de la démarche.

Avez-vous arpenté un bois sans personne avec vous, senti l'équilibre léger qui s'établissait entre ce qui vous entourait et vous, ressenti une sorte de fusion, une fois l'étrangeté dissipée ? Avez-vous habité une maison sans personne d'autre que vous, ne serait-ce qu'une seule nuit, avez-vous accordé au silence – entrecoupé de certains bruits, battement d'un volet, craquement d'une latte de plancher, grattement dans une gouttière, piaillement d'un oiseau nocturne –, avez-vous accordé au silence toute votre attention, craintive ou expectative peu importe ? C'est à ce moment que s'accomplit, dans votre vigilance, dans cette veille nocturne à consonance mythologique, la conscience de soi non séparée de son milieu qui génère la confiance en soi.

Les femmes plus encore que les hommes ont besoin de cette expérience de solitude et de confiance en soi. Par tradition ce n'est pas leur domaine, souvenez-vous des contes de fées, les femmes attendent patiemment, les hommes vont conquérir le monde. Elles au foyer, eux à l'armée, à la guerre, au baston, au voyage. Conquérir sa solitude, expérience infime, d'humble dimension mais de grande répercussion – sans compter qu'elle est plus économe que les différents stages qui se vantent de vous libérer. Il est curieux qu'on considère que la libération a un coût – ou qu'on croie qu'à partir du moment où l'on paie elle ait quelque chance d'advenir. Se sortir de la logique marchande où tout a un prix, de la croyance au pouvoir miraculeux de la somme à payer.

L'expérience de la promenade solitaire en forêt ou d'une nuitée dans une maison vide n'est là qu'à titre d'exemple du besoin de retrait. De la nécessité de s'extraire ponctuellement du monde, de se créer sa bulle de fiction hors monde. Dans ce décrochage et l'écart qu'il permet gît la multitude de nos possibilités, anesthésiées par l'omniprésence des images et des sons qui se succèdent dans un flux indistinct, asservissent et annihilent parfois notre imaginaire.

La flânerie en ville sans que vous sachiez où vous mènent vos pas relève d'une autre compétence, celle de renouer avec la mémoire des lieux, de vous rappeler ce qu'ils ont évoqué à telle ou telle époque. Elle vous reconnecte à d'autres temps, les passants que vous croisez, certaines vitrines, un immeuble avec un balcon en fer forgé au second étage où on devine une treille avec des rosiers blancs, et vous voilà dans votre ailleurs, un espace improvisé, réenchanté de souvenirs flottants. Il suffit de s'asseoir sur un banc dans un jardin public, en terrasse de café ou au square d'en face à observer les enfants jouer dans le bac à sable et se reconstitue un univers singulier où le territoire intérieur ne s'oppose pas à l'extérieur, un entre-deux qui a la couleur du neutre, du personnel et de l'indéfini. Vous vient alors une pensée : comment envisager la langue qui vous écrit au féminin même quand vous ne pensez pas vous y situer, qu'est-ce que féminiser ?

La féminisation

Vous connaissez la complexité, l'arbitraire, la difficulté de la langue française, vous ne vous y reconnaissez pas toujours, vous avez des doutes. Vous préférez être auteure qu'autrice, quand d'autres veulent vous acculer au second sous prétexte qu'historiquement il y avait des autrices que les grammairiens du XVIIe siècle ont effacées.

La féminisation qui est portée en combat principal et totalitaire (si vous ne vous y pliez pas vous êtes réactionnaire) est un sujet hautement inflammable. La langue pourtant n'est pas réductible au lexique et aux marques morphologiques ayant trait aux genres. J'ai déjà évoqué le recours à l'épicène (professeur, juge, médecin) qui pratique l'équité, la féminisation acquise depuis longtemps pour les métiers du peuple (ouvrière, boulangère) mais depuis peu pour les métiers plus élevés sur l'échelle sociale (directrice, ambassadrice). Il y a aussi la féminisation bloquée par l'homonymie avec des objets (cafetière, moissonneuse, jardinière) ou par la valeur polysémique ambiguë et sexiste (entraîneuse, maîtresse), la pratique de l'hermaphrodisme linguistique (le garde des Sceaux, Mme X, la ministre), tout cela montre la difficulté à légiférer, normaliser ce qui relève des errances constitutives de la langue.

Le problème à mon avis est que le sexisme est au cœur de la langue et qu'à vouloir féminiser à outrance on le renforce. Car la féminisation passe le plus souvent par la suffixation (chef/cheftaine, docteur/doctoresse), ce qui en d'autres termes signifie que le féminin dérive du masculin et qu'on ne peut sortir de cet écueil.

L'autre écueil que relevait déjà Monique Wittig c'est que la féminisation des noms est un cul-de-sac épistémologique et politique, qui empêche de s'attaquer à la dimension idéologique du sexisme. Quand on a le nez collé sur les marques du féminin (doit-on ajouter un préfixe, un suffixe, un *e* muet, un accord ?) on oublie que le plus important est de désenclaver les esprits. En cela l'écriture inclusive, en se focalisant sur le genre, devient une épreuve si asphyxiante qu'elle absorbe toute pensée autre et qu'elle brouille ce qu'elle veut abolir. Traquer le sexisme dans la langue, comme tout ce qui est obsession, fixation, focalise toute l'attention aux dépens de la réflexion que du coup on délaisse. Une anecdote : je lisais un texte sur le dibbouk qui dans la culture yiddish est l'esprit d'un mort qui pénètre dans le corps d'un vivant, quand je fus arrêtée dans ma lecture par une suite de mots dits inclusifs (ami.es, inconnu.es, parti.es en fumée), ce qui fit aussitôt surgir la binarisation sexuelle du monde dont se fout le dibbouk. Je perdis le sens de son histoire et de sa revenue au XXe siècle avec l'avant-garde artistique pour m'embourber à nouveau dans le débat sur le genre.

De plus, en sexualisant la langue à outrance, en pratiquant un traitement différentiel constant, en renvoyant les femmes à une nature féminine, cela renforce la dualité homme-femme et le cercle vicieux de la pensée dominante. Plutôt que d'entretenir l'opposition genrée il vaudrait mieux trouver comment en désamorcer la différence hiérarchique (qui, elle, est renforcée par la dérivation).

Françoise Héritier a écrit que la hiérarchie a structuré tout le système de nos représentations et exprime la suprématie du masculin. L'homme (*vir*) a détourné à son profit le terme générique latin *homo*. Stuart Mill préconisait déjà l'emploi de *person* à la place de *man* dans les textes officiels. La volonté obsessionnelle de féminiser ne fait qu'activer la dissymétrie sémantique.

L'anthropo-linguiste Edward Sapir disait que le monde réel est largement fondé sur les habitudes linguistiques des groupes. À la différence des anglophones qui ont une classification tripolaire (masculin, féminin, neutre) les francophones sont confinés dans une vision bicatégorisée et un fonctionnement réducteur d'oppositions qui ne laisse aucune place réelle ou imaginaire à un tiers.

La linguiste Claire Michard a étudié le sexe dans le genre grammatical et lexical des années 20 aux années 70, dans le genre animé et non animé. Faire fonctionner le genre féminin en générique lui semble une pratique sémantique qui favoriserait la prise de conscience du sexisme. Elle fait entre autres référence aux tentatives des *Guérillères* (1969) de Wittig où n'intervenait que le pronom féminin pluriel *elles*. Dans *La Vallée du silicium* Alain Damasio a opté pour un parti pris féministe courageux (courageux dans le sens où la lecture y est moins fluide, plus déroutante face à un féminin générique qu'on n'a pas l'habitude de pratiquer, et n'oubliez pas « l'insidieuse hypnose de l'habitude » que dénonce John Cowper Powys). « Dans ce livre, prévient Damasio en note, les pluriels neutres ont été féminisés pour une chronique sur deux. »

Il y a du reste dans la langue française de nombreux exemples où le pronom masculin fonctionne au féminin comme épicène : « *mon* âme », « elle le *lui* a dit » (elle a dit cela à Nathalie). Irigaray, dans la nécessité qu'elle détectait de désarticuler la syntaxe, proposait : « j'aime à toi » plutôt qu'un « je t'aime » où la personne aimée est simple complément d'objet, et montrait qu'il est possible de faire bouger la langue sans la rendre absconse.

Si l'on s'est longtemps accommodé du modèle dominant par coutume, inertie et sexisme, l'évolution des lois et des mœurs, les progrès de la génétique et des neurosciences battent désormais en brèche le fonds fantasmatique de l'archaïsme sexiste, mais la langue ne suit pas, résiste aux assauts soit parce qu'ils ne sont pas appropriés soit parce que nos habitudes de langage sont si ancrées, les interdits si puissants et valorisés (le phénomène de la dictée et sa popularité tiennent aux règles édictées et pas du tout à la connaissance des mots concernés, leur sens, leur étymologie). Le neutre masculin du savoir, le masculin pluriel générique (les Français, les vieux) sont bousculés mais pas près de disparaître tandis que le générique féminin est si rare que la seule occurrence trouvée et pas très positive se situe dans la Constitution française de 1946 : « La loi garantit à *la femme*, dans tous les domaines, des droits égaux à ceux des hommes. » Non que la femme atteigne au collectif, elle acquiert seulement le privilège d'être un individu.

S'approprier l'impersonnel

Si les hommes se sont approprié l'universel, si le masculin est immanent et qu'à partir de lui on forme le féminin (qui reste toujours secondaire par rapport au principal), on peut dire sans abus que notre structuration mentale est androcentrée. Du reste la minoration systématique du féminin est actée dès les premiers apprentissages cognitifs. Souvenez-vous du schéma représentant l'évolution de l'humain depuis l'australopithèque : un homme peu à peu se met à marcher. Mais si l'on décide de coloniser le « on » dans cet espace du dedans qui assume toutes les expériences nouvelles, l'ingérence de l'identité sexuelle et de son rôle social perd de son importance. Je redeviens « personne », libre de tous les avatars, par le biais des pronoms neutres je me libère du présent, me désengorge des obstacles de la langue, des parcours obligés, des contraintes sociales, je me rattache au vivant le plus générique – il pleut, ça tombe, il fait beau, ça s'éclaircit –, je renoue avec le passé, les disparus, ceux qu'on a perdus et qui restent vivants dans cette partie non qualifiée de la mémoire et de notre affection. Et c'est là que l'impersonnel fusionne avec le collectif, du point de vue du neutre je n'ai aucun problème à faire corps avec d'autres ensembles, fantômes, anges, animaux, végétaux, et toute population qui ne brandit pas derechef son identité. Il ne nous faut pas renoncer à l'étrangeté de notre condition, à son en-deçà et à son au-delà. Nous sommes des animaux langagiers et symboliques, disait George Steiner, il ajoutait que les langues du Kalahari possédaient vingt-huit formes de subjonctif, ce qui constituait une réserve inépuisable de rêves et de possibilités. Mon penchant pour « personne » vient de ce qu'il est aussi bien une puissance d'agir qu'une négativité, il permet de transgresser l'injonction à la performance, la dictature clivante du choix et de l'action. « Personne » laisse la parole aux rêves, aux spectres, à l'invisible, au négatif, c'est notre alter ego qui voyage par-delà le temps, les continents, il nous fait signe quand nous sommes astreints à la dure loi du monde binaire et nous laisse respirer.

La classification dissymétrique, puisque le masculin signale ou le mâle ou le générique alors que le féminin ne désigne que la femelle, comment s'en défaire sinon en déplaçant les perspectives, en portant une attention particulière aux mots, à leur justesse, et pas seulement pour le vocabulaire genré, en refusant de s'enfermer dans le binaire, en s'extrayant de tout mode de pensée qui y ramène, en se situant au-delà de toute barrière dans un espace à soi où l'on s'invente autre, libre de se définir comme on le souhaite, solidaire des autres mondes du vivant, archiviste des combats et des ruptures historiques qui ont déplacé les anciennes limites, scénariste de son propre mythe et hautement responsable de sa façon de nommer.

Si la lectrice moins attentive n'a pas remarqué ma volonté délibérée de n'user que de mots épicènes dans la phrase précédente, elle en a saisi l'essence, qui est de s'affranchir de toute instance discriminante et d'ouvrir la voie royale de son autonomie malgré tous les spectres qui sont en nous.

Petit résumé de la domination sémantique

« Je suis comme les autres, je parle la langue des hommes » Annie Leclerc, *Parole de femme.*

« Dans les dictionnaires les femmes sont des suffixes » *Entre elle et lui. Variations sur les asymétries de genre en français*, collectif de linguistes sous la direction d'Anne Le Draoulec et Marie-Paule Péry-Woodley.

Il y a asymétrie entre les genres :

– quand le masculin et le générique sont associés, soit tous les proverbes et locutions du type « l'homme propose, Dieu dispose », « d'homme à homme », « son petit bonhomme de chemin »

– quand le féminin est invisibilisé : les jeunes, les ados, les vieux, et quand l'analyse d'une société ne prend en compte que les hommes : les discours des ethnologues, des historiens, repris par les journalistes et les programmeurs de l'IA

– quand le masculin vient en premier : « As-tu des frères et des sœurs ? »

– quand le masculin valorise et le féminin déprécie : courtisan/courtisane, gars/garce, vieux sage/vieille folle, vieille peau, et toutes les métaphores animalières déjà évoquées*

– quand le masculin n'a pas les mêmes correspondances que le féminin : une femme/un homme - un mari, une fille/un garçon – un fils.

Déloger les pratiques et préjugés patriarcaux est quasi impossible, par contre prendre conscience de la domination dans le langage est important, de même que privilégier l'oral qui ne s'occupe pas de l'orthographe et où beaucoup d'adjectifs semblent invariables (joli/jolie, grec/grecque, cher/chère). Choisir les noms de métiers où l'on n'entend pas le marquage sexué (auteur, architecte, professeur). Bien sûr il y a en toute bonne conscience un sentiment linguistique, une attente collective qui nous aimante vers le masculin générique, mais à l'heure où l'on parle souvent de langue performative pour s'affirmer il est capital pour les femmes de s'inventer autrement qu'en éternel sujet second.

* Il faut tout de même signaler le renversement effectué avec « Balance ton porc », malgré un certain mépris inexcusable pour l'espèce porcine...

Le connu non encore pensé

Ce que l'on connaît n'a pas été forcément pensé, c'est ce que souligne Catherine Malabou dans *Métamorphoses de l'intelligence.* Jamais on n'a été capable de définir l'intelligence, pas plus aujourd'hui avec les neurosciences et l'intelligence artificielle. D'après cette philosophe le caractère impensé de ce savoir se manifeste par un affect particulier, qui est la peur. On pourrait placer dans ce « connu non encore pensé » l'inégalité des sexes, le vieillissement et la mort, qui produisent du reste le même affect paralysant. La peur mobilise toutes nos facultés, se répercute sur toutes les données de notre vie, rien ne s'y soustrait. À moins de vous blottir dans votre espace à vous, où vous avez appris que seules la lenteur et l'inactivité permettent de poser patiemment les nœuds du réel.

En 1938, dix ans après *Une chambre à soi* Virginia Woolf écrivait *Trois guinées* en réponse fictive à un gentleman qui lui demandait comment empêcher la guerre imminente. Ce texte beaucoup plus polémique que le premier ne pouvait pas aborder la crise que traversait l'Europe sans mentionner la condition féminine. « En tant que femme je n'ai pas de pays, y écrit-elle. En tant que femme je ne veux d'aucun pays. En tant que femme le monde entier est mon pays. »

On ne peut pas penser les relations entre les sexes sans y inclure le système politique dans lequel on vit, la finitude et la dégradation du monde et notre imaginaire collectif.

Les spectres qui sont en nous

Je visionnais il y a peu le film de Chantal Akerman, *Jeanne Dielman, 23, quai du Commerce, 1080 Bruxelles*, daté de 1975, que je n'avais jamais vu et qui m'a éprouvée tant j'alternais entre ennui et fascination, entre souvenirs d'une époque de mon enfance et refus de ce monde gris, aseptisé, d'une effrayante vacuité. Ce vide si sidérant de la vie d'une femme de la classe moyenne inférieure (au foyer) et des rituels domestiques pour égrener le temps. J'en étais si imprégnée que l'idée même de me faire un café et de reproduire les gestes de cette femme muséifiée dans sa cuisine m'apparaissait impossible. Car ce film est un film sur la mémoire collective des femmes à travers les mille et un gestes et détails du quotidien des années de l'après-guerre, tous ces gestes dont on a été nourri, dont on nous a appris qu'ils étaient ceux d'une femme, gestes de la main pour lisser une nappe, plier un vêtement, mettre la table, pour se saisir de son sac à main et sortir faire les courses sur ses talons bottiers après avoir replacé d'un doigt habile une mèche de cheveux derrière l'oreille et s'être repeignée en tapotant de la paume sur ses tempes face au miroir de l'entrée. Cet archétype des apparences, de la retenue et de la bienséance qui clouait la femme à son destin servile appartient à l'ethnographie de la ménagère des Trente Glorieuses, qui survit encore. En cela *Jeanne Dielman* est l'équivalent pour la femme des *Mythologies* de Roland Barthes qui analysait le mode de vie des Français des années 50.

Cette représentation de la femme et d'une modernité enviée était celle de l'Europe et des États-Unis d'après-guerre, elle signifiait un avenir radieux dont nous, les enfants, ne voyions que grisaille, ennui, normes pesantes. La femme congelée, parfaite, à la mise en plis laquée, petit foulard autour du cou, éternel sourire aux lèvres qui attend le retour au foyer des enfants et du mari, a été pour nous à l'adolescence un prototype détesté qu'il fallait faire tomber lors de Mai 68 (je précise en passant que ce souvenir de femme n'évoque rien de personnel, ma mère travaillait et prônait la liberté, mais il appartient à la mémoire collective. Tout comme le fait d'avoir depuis l'enfance ressenti vivement l'inégalité des sexes ne vient pas de ce que je l'ai subie en famille, l'égalité entre mes frères et moi était tenue pour acquise. Encore une fois, nous ne sommes pas réduits à agir que parce que nous avons vécu des discriminations personnelles).

Ce spectre de la ménagère réduite à sa cuisine continue de nous hanter, revendiqué par les traditionalistes il exprime toutes les traces patentes des rapports de pouvoir. L'intériorisation de la domination, qu'on l'appelle le surmoi ou autres instances psychiques, qui nous a constitués toutes et tous et continue dans le tréfonds de soi, ne peut être déboulonnée comme on le fait pour les statues d'esclavagistes notoires. Le conditionnement culturel qui a enraciné la plupart de nos comportements sur le très long temps, dont on perçoit les résistances, les atavismes séculaires à chaque instant pour peu qu'on soit vigilant, n'est pas près de disparaître. Malgré les lois, les débats, les combats, les protestations il est là en vieux serpent (celui du péché originel) à frétiller imperceptiblement et c'est à nous, en nous efforçant à exercer notre esprit critique, de l'obliger, à chaque fois qu'on le peut, à capituler, et à reconnaître qu'il n'est qu'un monstre de papier.

Plutôt que de le comparer à un monstre mythique vous pouvez lui donner un nom plus conforme et moins méprisant pour l'espèce animale : « l'esprit du maître », que depuis des millénaires nous, femmes et hommes, avons incorporé, dont nous avons tellement intériorisé la présence en nous qu'il nous est difficile d'en évaluer le pouvoir. Car les spectres qui sont en nous, feuilleté de strates conscientes, inconscientes, collectives, personnelles, ont tant sculpté notre histoire et notre mémoire qu'il est chimérique de croire qu'on peut s'en débarrasser en quelques décennies.

La finitude du monde

Depuis un demi-siècle notre imaginaire collectif a bien changé. La révolution démographique et l'occupation de toutes les parties du monde nous ont mis face à un constat nouveau : le monde est borné, limité, tandis que le système marchand, lui, ne peut exister que sur la foi dans une croissance infinie. Notre mémoire historique se souvient d'un temps où les cartes du monde présentaient des blancs, ces *terra incognita* que les explorateurs, faisant rêver, arpentaient. Je suis moi-même partie à 18 ans sur les chemins de l'Asie dont on ne connaissait alors pas grand-chose, qui n'étaient pas bitumés et où l'on rencontrait des autochtones qui n'avaient jamais vu d'étrangers. Ce n'était pourtant pas l'Amazonie, seulement la route entre Téhéran et Machhad ou les sentiers caillouteux du Cachemire.

Il était alors abondamment question du binôme tradition et modernité, qui a fonctionné jusqu'à la fin du XXe siècle. Un quart de siècle plus tard il n'est plus question de tradition, il n'est question que d'identité – identité de genre et identité religieuse en particulier – dans un monde par ailleurs uniformisé par internet et la recherche des biens matériels. On croyait alors, du temps de ma jeunesse, aux avenirs radieux du dialogue, de la possibilité de gouvernements équitables où le citoyen serait associé et encore plus la citoyenne, qui en avait toujours été écartée. On croyait à l'égalité sous toutes ses formes possibles, ne mesurant pas assez l'emprise du modèle consumériste déjà mondialisé qui s'était installé en dieu tout-puissant. On n'avait pas compris que le mode de gouverner avait lui aussi effectué un virage commercial, que le marché était le maître mot, que nous étions devenus des consommateurs standardisés. Bien contents de l'être, au vu de ceux qui avaient vécu de l'autre côté du Mur, bientôt effondré, qui n'aspiraient qu'à nous rejoindre, de même que ceux qui vivaient dans ce qu'on appelait le tiers monde. Puis nous sommes passés d'un capitalisme libéral à un capitalisme de la finitude où les ressources sont rares et stockées par les plus riches, l'environnement asphyxié, le climat détraqué et les populations en proie à l'anxiété.

Nous vivons désormais dans un théâtre d'ombres où les valeurs fondamentales ne sont plus évidentes, où le féminisme, la lutte contre les discriminations, le wokisme sont présentés comme des dangers bien plus grands que le racisme, la déforestation, l'abus des pesticides, le changement climatique ou la montée des monopoles.

Nous vivons dans un théâtre d'ombres où nous nous sommes laissé enfermer, où les plateformes numériques sont les lieux du divertissement suprême, où les internautes absorbent des silos d'informations créées par des algorithmes, où la paresse est érigée en valeur partagée, ce qui permet de faire l'économie de tout travail cognitif, où il n'y a plus de culture commune (qui s'en soucie ?) et où curieusement la passivité génère un mécontentement face au réel – face à sa complexité et son opacité dont certains espèrent se débarrasser en élisant un chef autoritaire.

La réclusion identitaire

En ce début de siècle la réaction la plus courante pour s'en sortir (ou mieux s'y enfoncer) a été de recourir au plus proche, à savoir défendre notre pré carré, notre identité. Ce repli sur soi est vite devenu une auto-proclamation, chacun voulant se définir lui-même, s'assigner à être (je suis chrétien, musulman, blanc, noir, victime, colonisé, tradi, trans, cis, etc.), chacun choisissant son lieu de réclusion identitaire pour y évoluer et pétrifier son existence loin de tout métissage. Alors que toutes les découvertes scientifiques en biologie, génétique, neurosciences, histoire, zoologie nous apprennent chaque jour que le vivant n'est formé que d'interactions et d'alliances, que le devenir est non déterminé, l'*homo* du XXIe siècle revendique d'habiter un écosystème où il ne vit qu'avec ceux qui lui ressemblent.

Cette réclusion identitaire a envahi les sociétés du monde entier, à l'opposé de ce qui définit la démocratie et tout paradigme qui fonde l'universel. Il n'y a plus que des appartenances, des réseaux, des tribus sans liens entre elles sinon l'animosité qu'elles déploient envers ce qui est étranger. Il en est de même pour les mouvements civiques et anticolonialistes qui jusqu'au XXe siècle défendaient l'idée d'universalité et sont revenus à une pensée tribale. Cette tendance se retrouve pour les mouvements féministes, que compliquent les paradoxes de la société patriarcale. L'auto-assignation identitaire chez les femmes est un fait très marquant de la dernière décennie, on n'a plus besoin du dominant pour nous assigner, chacune se croit libre parce qu'elle affirme qu'elle l'est. Confondant liberté et

« oppression consentie* » les féministes islamistes défendent l'idée que puisqu'elles assument les présupposés de leur culture elles agissent en toute autonomie.

Soit qu'elles consentent à leur propre oppression, soit qu'elles se comportent avec opportunisme, soit qu'elles croient œuvrer pour la cause commune, il est un fait que l'entrée des femmes dans la sphère publique n'a pas toujours les effets souhaités. La peur des hommes repliés sur leurs fondamentaux a favorisé les mouvements conservateurs et leurs dirigeants populistes. Dans les régimes dictatoriaux et théocratiques elle entraîne une répression insensée à l'égard des femmes. Ce que redoutent leurs chefs c'est la chute de l'ancien monde et la perte de leurs privilèges. La liberté et l'égalité des femmes annonçant un monde sans visibilité, ils bétonnent leurs piédestals et musellent celles par qui le malheur peut arriver.

L'autre conséquence de la féminisation c'est qu'elle a entraîné sexisme et minoration des métiers importants. Plus une profession est féminisée plus elle est dévalorisée, chacun peut le constater : les enseignants, les médecins, les avocats, piliers de la République, étant dorénavant à majorité féminine ont perdu de leur prestige et de leurs émoluments. Qu'un même savoir essentiel, qui permet

* Voir *La Double Impasse* de Sophie Bessis, Riveneuve, 2025.

d'éduquer, de soigner et de protéger soit crédité d'une aura de noblesse quand les hommes le dispensent et soit discrédité, au mieux banalisé, quand ce sont les femmes qui l'appliquent montre bien en quel état de reconnaissance on tient encore les sexes. Que les hommes aient délaissé ces disciplines humanitaires pour celles où l'argent abonde montre autant combien l'esprit démocratique s'est perdu dans le marché.

L'histoire n'est pas linéaire, elle est faite de reculs, de ressacs, d'avancées, de backlashs, l'histoire n'est pas un fil mais un tissu, prévient Michelle Perrot, encore faudrait-il que le métier à tisser ne reste pas entre les mains du même tisserand et qu'on apprenne à se penser en maître du métier.

Se penser femme, se penser homme

Il y a une curieuse ironie dans le maniement de la langue : on appelle féministe une femme qui veut que changent les rapports sociaux pour plus d'égalité et on appelle masculiniste un homme qui veut que rien ne change.

Plutôt que de faire porter sur les femmes la plus grande part du changement il serait bon d'abandonner l'idée que seules les filles ont à changer. Si rien n'est fait du côté des garçons, s'ils ne sont pas incités à se remettre en cause, à réfléchir à leur condition et pas seulement à leurs privilèges il est probable que rien n'adviendra du devenir-ensemble.

Se penser femme n'est pas refuser les acquis du patrimoine, pas plus que se penser africain c'est honnir les idéaux européens (Souleymane Bachir Diagne dit devoir beaucoup à Leibniz, Bergson et Merleau-Ponty). Au contraire : s'approprier le fruit de l'expérience d'autrui pour fonder la sienne est la démarche éducative fondamentale. Se mettre dans la peau d'autrui oblige à décentrer le regard, à se désaliéner, c'est une expérience contraire à toute fixation identitaire. Ne pas s'enfermer dans sa pure expérience.

L'idée d'égalité est à réinventer en dehors de ce qui lui a servi de mesure, l'homme blanc, homo générique de la culture occidentale – et de même l'idée de mixité qui en dépendait, les filles n'ont plus à apprendre à être des garçons comme les autres, les garçons n'ont plus à se considérer comme l'étalon-or de la société. Jusqu'aux années 2010 on prêtait peu d'intérêt à l'éducation des garçons, les valeurs éducatives étaient de leur côté (performance, compétition), on acceptait leur égocentrisme, on tolérait leur incivilité, on demandait aux filles de l'altruisme et de la gentillesse. Apprendre à sortir du confort d'une position dominante est aussi important qu'apprendre à sortir du confort d'une position minorée. « Résiste à la tentation de te croire une victime », conseillait Susan Sontag à ses amies.

Simone de Beauvoir relevait le manque de « risque métaphysique » des femmes qui s'abritaient derrière leurs hommes. Éric Macé et Georges Vigarello constatent quant à eux que l'égoïsme masculin est encore intouchable et que la transformation du comportement des hommes n'est pas à l'ordre du jour. Aux femmes d'apprendre à dire non, d'apprendre à se protéger en cas d'agression, de pratiquer les arts martiaux pour se défendre, les hommes sont dispensés de toute remise en cause, pourtant il y a déjà vingt ans Virginie Despentes s'interrogeait : « À quand l'émancipation masculine ? »

Si l'analyse de soi, de ses prérogatives, de ses lâchetés, de ses désirs, de ses opportunités, de ses actes devrait être une des clefs du vivre ensemble, il n'appartient pas seulement aux femmes d'y procéder. Mais à elles seules on demande de changer, d'être plus fortes, plus autonomes, plus libérées, aux hommes de regarder le train de l'histoire, repliés dans leur divan, le nez sur leur écran, mal à l'aise devant un chamboulement qu'ils savent inévitable mais auquel ils ne savent souvent comment participer.

Postlude

Sommes-nous toujours entre le marteau et l'enclume comme Virginia Woolf définissait en 1938 la situation des femmes : « Nous les filles des hommes éduqués, nous sommes entre le marteau et l'enclume. Derrière nous s'étend le système patriarcal, la maison avec sa nullité, son immoralité, son hypocrisie et sa servilité. Devant nous s'étend le monde public, le système de la vie professionnelle, avec sa possessivité, sa jalousie, son agressivité, sa cupidité. Le premier nous enferme comme des esclaves dans un harem. Le second nous force à tourner en rond (...) à faire la ronde autour du mûrier, l'arbre sacré de la propriété » (*Trois guinées*). Entre le marteau du foyer et l'enclume du patriarcat capitaliste il y a l'énorme espace où se mouvoir, penser et contre-attaquer cette hydre à deux têtes que fustigeait Woolf, elle qui ne scindait pas sa vie en deux territoires incompatibles mais vivait et travaillait dans le même lieu, en tant qu'éditrice, critique et romancière. Dans cet espace qui vous sert de serre pour vos idées et vos combats futurs, qui revivifie la part de vous qui s'est abîmée dans un quotidien multiforme et épuisant, vous envisagez tous les possibles qui vous viennent en tête.

Imaginez, vous êtes à Mytilène au VIIe siècle avant notre ère, vous vous rendez par un matin ensoleillé à la Maison des Muses, elle est dédiée à la poésie, au chant et à la danse telle que Sappho (640-570) l'a fondée. Vous vous approchez de celle que Homère a baptisée la dixième Muse. Elle est assise, lisant un poème, le plectre dans sa main gauche pinçant les cordes de sa lyre. Elle est poète et prophète, elle s'exprime au « je », « j'ai servi la beauté », dit-elle à ses élèves, comme un devoir et une prérogative. Elle a inventé une liturgie spécifique pour célébrer Aphrodite, les neuf Muses et les trois Grâces dans ce haut lieu d'enseignement, qui servit de modèle à Pythagore et à Platon. « D'aucuns prétendent que la plus belle chose / sur la terre noire, c'est une horde de cavaliers / (...) moi je dis que c'est ce que l'on aime », lit-on sur l'un des rares fragments de son œuvre qui nous ont été transmis.

Célébrée pendant toute l'Antiquité, oubliée, redécouverte à la Renaissance comme symbole de la rénovation spirituelle, elle devient aussi celui de l'érotisme propre aux habitantes de Lesbos (Mytilène) et ce dernier se propage depuis le XIXe siècle avec *Les Fleurs du mal.* Aujourd'hui on la redécouvre comme la première philosophe de l'Antiquité – place dévolue jusque-là à Thalès de Milet –, celle qui par sa poésie a accompli la visée de toute philosophie : universalité, critique du sens commun, vie philosophique et idée centrale au service de son éthique (*kallistos*, « le plus beau »). Fernando Santoro dans la revue *Europe* souligne fort justement que l'important n'est pas de lui donner la première place et de substituer un mythe à un autre, mais de déconstruire l'idée même d'une fondation originaire, qui nous maintiendrait toujours sous le joug d'une hiérarchie obligée. Si Sappho est revendiquée désormais en philosophe et en sage ce n'est pas pour la mettre en compétition avec ses pairs mais pour déjouer les faiseurs d'histoires qui ont créé la pyramide des savoirs excluant les femmes, et pour l'associer aux imagos féminines, dont nous avons besoin, telle la Mélancolia, toutes celles qui, face au temps, embrassent le vivant et en louent la beauté. Que ces deux modèles qui traversent les siècles vous soient un fanal par temps obscurs et la bannière de votre royauté.

Aperçu bibliographique

Je ne peux citer tous les ouvrages qui ont été essentiels pour ma réflexion, seulement mentionner certains de ceux auxquels je me réfère dans cet essai, avec la date de leur parution initiale, qui est une indication majeure pour percevoir l'évolution des idées.

Günther Anders, *Et si je suis désespéré, que voulez-vous que j'y fasse ?*, 1977.

Simone de Beauvoir, *Le Deuxième Sexe*, 1949.

Augustin Berque, *Entendre la Terre. À l'écoute des milieux humains*, 2022.

Cat Bohannon, *Ève. 200 millions d'années d'évolution au féminin*, 2023.

Marie-Jo Bonnet et Nicole Athéa, *Quand les filles deviennent des garçons*, 2023.

Pierre Bourdieu, *La Domination masculine*, 1998.

Roberto Calasso, *Le Chasseur céleste*, 2020.

Elias Canetti, *La Conscience des mots*, 1975.

François Cheng, *Cinq méditations sur la beauté*, 2006.
Lucy Cooke, *Bitch. Le pouvoir des femelles dans le monde animal*, 2022.
Laure Daussy, *La Réputation. Enquête sur la fabrique des filles faciles*, 2023.
Chloé Delaume, *Phallers*, 2024.
Diane Deriaz, *La Tête à l'envers. Souvenirs d'une trapéziste chez les poètes*, 1988.
Philippe Descola, *Par-delà nature et culture*, 2005.
Virginie Despentes, *King Kong théorie*, 2006.
Ralph Waldo Emerson, *Self reliance*, 1841.
Rebekka Endler, *Le Patriarcat des objets*, 2022.
Frantz Fanon, *Peau noire, masques blancs*, 1952.
Elena Ferrante, *Entre les marges. Conversations sur le plaisir de lire et d'écrire*, 2021.
Cynthia Fleury, *Ci-gît l'amer. Guérir du ressentiment*, 2020.
Geneviève Fraisse, *À côté du genre. Sexe et philosophie de l'égalité*, 2010.
Camille Froidevaux-Metterie, *Un corps à soi*, 2021.
Manon Garcia, *On ne naît pas soumise, on le devient*, 2018.
Carol Gilligan, *Une voix humaine. L'éthique du care revisitée*, 2023.
René Girard, *Le Bouc émissaire*, 1982.
Dominique Godineau, *Citoyennes tricoteuses. Les femmes du peuple à Paris pendant la Révolution française*, 1988.

Roland Gori, *Et si l'effondrement avait déjà eu lieu. L'étrange défaite de nos croyances*, 2020.

Brigitte Grésy, *Petit traité contre le sexisme ordinaire*, 2009.

Pierre Hadot, *Exercices spirituels et philosophie antique*, 1981.

Donna Haraway, *Manifeste Cyborg*, 1985.

Françoise Héritier, *Masculin/Féminin*, I, *La Pensée de la différence*, 1996, II, *Dissoudre la hiérarchie*, 2002.

Patricia Hill Collins, *La Pensée féministe noire*, 1991.

bell hooks, *Blackness. Résister au racisme*, 2015.

Siri Hustvedt, *Une femme regarde les hommes regarder les femmes*, 2016.

Michèle Le Dœuff, *Le Sexe du savoir*, 1998.

Luce Irigaray, *Speculum. De l'autre femme*, 1974.

Fatema Mernissi, *Le Harem et l'Occident*, 2001.

Toni Morrison, *La Source de l'amour-propre*, 1993.

Susan Neiman, *Grandir. Éloge de l'adulte à une époque qui nous infantilise*, 2014.

Maggie Nelson, *Les Argonautes*, 2015.

Michelle Perrot, *Les Femmes ou les Silences de l'histoire*, 1998.

John Cowper Powys, *L'Art de résister au malheur*, 1923.

Paul B. Preciado, *Je suis un monstre qui vous parle*, 2020.

François Roustang, *La Fin de la plainte*, 2000.

Arundhati Roy, *Azadi. Liberté. Fascisme. Fiction*, 2020.

Clara Serra, *La Doctrine du consentement*, 2024.

Valerie Solanas, *SCUM Manifesto*, 1967.

Rebecca Solnit, *Ces hommes qui m'expliquent la vie*, 2008.

Starhawk, *Rêver l'obscur. Femmes, magie et politique*, 1982.

George Steiner, *Les Antigones*, 1986.

Jennifer Tamas, *Au NON des femmes. Libérer nos classiques du regard masculin*, 2023.

Irène Théry, *Moi aussi. La nouvelle civilité sexuelle*, 2022.

Flora Tristan, *Le Tour de France. Journal 1843-1844.*

Jean-Pierre Vernant, *Les Origines de la pensée grecque*, 1962.

Heinz Wismann, *Penser entre les langues*, 2012.

Virginia Woolf, *Une chambre à soi*, 1928.

– *Trois guinées*, 1938.

Table

DE LA MÊME AUTEURE

LA GUERRE, L'AMÉRIQUE, Buchet-Chastel, Goncourt du premier roman, 2003.

LA CONQUÊTE DE L'EST, Mercure de France, 2005.

LETTRE À UN JEUNE ÉCRIVAIN, Panama, 2005 ; Albin Michel, 2015.

REMEMBER ME, Léo Scheer, 2008.

MÉFIEZ-VOUS DES FEMMES EXCEPTIONNELLES, Albin Michel, 2015.

WANTED, Albin Michel, 2023.

L'AFFAIRE CHARLOTTE ANSLO, Albin Michel, 2025.

Composition IGS-CP
Impression CPI Bussière en décembre 2025
Éditions Albin Michel
22, rue Huyghens, 75014 Paris
www.albin-michel.fr
ISBN : 978-2-226-50361-9
N° d'édition : 27795/01 – N° d'impression : 2087902
Dépôt légal : janvier 2026
Imprimé en France